OS BOTES SALVA-VIDAS DO GLEN CARRIG

WILLIAM HOPE HODGSON

OS BOTES SALVA-VIDAS DO GLEN CARRIG

Tradução
Lívia Koeppl

Principis

Esta é uma publicação Principis, selo exclusivo da Ciranda Cultural
© 2024 Ciranda Cultural Editora e Distribuidora Ltda.

Traduzido do original em inglês
The boats of the Glen Carrig

Texto
William Hope Hodgson

Editora
Michele de Souza Barbosa

Tradução
Lívia Koeppl

Preparação
Vera Siqueira

Produção editorial
Ciranda Cultural

Diagramação
Linea Editora

Revisão
Marcia Duarte Companhone

Design de capa
Ana Dobón

Imagens
Vuk Kostic/shutterstock.com

Ilustrações
Vicente Mendonça

Dados Internacionais de Catalogação na Publicação (CIP) de acordo com ISBD

H691b   Hodgson, William Hope.

Os botes salva-vidas do Glen Carrig / William Hope Hodgson ; traduzido por Lívia Koeppl. - Jandira, SP : Principis, 2024.
160 p.: 15,50cm x 22,60cm. - (Clássicos da literatura mundial).

Título original: The boats of the Glen Carrig
ISBN: 978-65-5097-056-7

1. Literatura inglesa. 2. Terror. 3. Ficção. 4. Literatura fantástica. 5. Naufrágio. I. Koeppl, Lívia. II. Título. III. Série.

2024-1352

CDD 823.91
CDU 821.111-3

Elaborado por Lucio Feitosa - CRB-8/8803

Índice para catálogo sistemático:
1. Literatura inglesa 823.91
2. Literatura inglesa 821.111-3

1ª edição em 2024
www.cirandacultural.com.br
Todos os direitos reservados.
Nenhuma parte desta publicação pode ser reproduzida, arquivada em sistema de busca ou transmitida por qualquer meio, seja ele eletrônico, fotocópia, gravação ou outros, sem prévia autorização do detentor dos direitos, e não pode circular encadernada ou encapada de maneira distinta daquela em que foi publicada, ou sem que as mesmas condições sejam impostas aos compradores subsequentes.

Madre mia

Há quem diga que tua juventude já passou
Mas ainda posso ver-te, em mocidade plena
Em um passado que parece congelado
E em meus devaneios eternizado.
Ah! O tempo sobre ti lançou
Uma mantilha cinzenta e serena.

E mesmo para eles, não pareces alquebrada;
E como poderias? Teu cabelo
Não perdeu a escuridão gloriosa e abissal:
Teu rosto mal tem rugas. Nenhum vinco ou sinal
Destrói tua calma serenidade. Como a dourada
Luz do entardecer, quando o vento perde o zelo
A brilhante alma refletida em teu rosto é pura como
   uma oração.

SUMÁRIO

A terra da solidão 9

O navio no riacho..15

A coisa a vasculhar 20

As duas faces 28

A grande tormenta 35

O mar coberto de algas...43

A ilha entre as algas..52

Os ruídos do vale..60

O que aconteceu ao crepúsculo 69

A luz entre as algas 78

Os sinais do navio...87

A fabricação do grande arco 95

Os habitantes das algas 106

Em comunicação 117

A bordo do navio.. 129

Livres... 142

Como chegamos ao nosso país.. 153

A terra da solidão

    Estávamos havia cinco dias nos botes e durante todo esse tempo não avistamos terra firme. Então, na manhã do sexto dia, ouvimos o contramestre que comandava o bote salva-vidas gritar que havia algo à distância, a bombordo da proa, que poderia ser terra; mas a forma indistinta estava pouco acima do nível do mar e ninguém soube dizer se era terra ou apenas uma nuvem matinal. Porém, com um princípio de esperança em nossos corações, remamos exaustivamente naquela direção e assim, cerca de uma hora depois, descobrimos que de fato tratava-se da costa de algum país plano.

    Logo, talvez pouco depois do meio-dia, chegamos tão perto que era possível distinguir claramente o tipo de terreno que havia além da costa e assim descobrimos que era de uma planura abominável, muito mais desolado do que eu podia imaginar. Parecia recoberto esparsamente por uma vegetação estranha, embora eu não saiba afirmar se eram árvores pequenas ou grandes arbustos; só sei que não pareciam com nada que eu vira antes.

    Foi o que deu para notar enquanto remávamos lentamente ao longo da costa, em busca de uma passagem na qual atracar; mas levou um bom tempo até que, exaustos, encontramos o que procurávamos. Por fim, descobrimos um riacho com margens lodosas que revelou ser o estuário de um grande rio, embora continuássemos a chamá-lo de riacho. Entramos por ele e seguimos seu curso sinuoso em um ritmo não muito rápido. Conforme avançamos, examinamos as margens baixas, tentando localizar algum ponto onde pudéssemos ancorar; mas não encontramos nenhum, pois os bancos eram compostos por uma lama tão vil que não ousamos atravessá-la imprudentemente.

Após conduzir o barco por cerca de uma milha pelo grande riacho, deparamos com a primeira amostra da vegetação que eu havia notado por acaso do mar, e agora, a poucos metros dela, conseguimos analisá-la. Assim, descobri que era quase toda composta por uma espécie de árvore muito baixa e mirrada, de aspecto insalubre. Percebi, quando cheguei perto, que os ramos da árvore é que não me permitiram diferenciá-la de um arbusto, pois eram finos e lisos do começo ao fim, e pendiam devido a algo semelhante a um repolho que parecia brotar da extremidade de cada galho, tornando-os pesados.

Pouco depois, quando passamos a touceira de vegetação e constatamos que as margens do rio continuavam muito baixas, ergui-me e fiquei de pé no banco do remador, a fim de esquadrinhar o território ao redor. Então descobri que, até onde a vista alcançava, ele era permeado em todas as direções por inúmeros riachos e lagoas, algumas delas muito grandes; e, como disse, era completamente achatado, como se fosse uma grande planície de lama, tanto que senti imensa tristeza ao olhar para ele. Talvez, inconscientemente, meu espírito tenha se assustado com o extremo silêncio que pairava sobre o local; pois naquela desolação eu não consegui ver nenhuma coisa viva, nem pássaro, nem planta, exceto as árvores atrofiadas que, de fato, cresciam aos montes aqui e acolá.

Quando percebi esse silêncio, fiquei ainda mais apreensivo, pois, pelo que me lembrava, nunca havia pisado em uma região tão quieta. Nada se movia diante de mim, nem mesmo um pássaro solitário alçava voo contra o céu nublado; tampouco meus ouvidos captaram o grito de uma ave marinha. Nada! Nem o coaxar de uma rã, nem o respingar de um peixe. Era como se houvéssemos chegado ao País do Silêncio, que alguns de nós chamaram de Terra da Solidão.

Mais três horas se passaram, enquanto manejávamos os remos sem cessar. Logo não conseguimos mais ver o mar; mesmo assim, não surgiu nenhum lugar adequado para atracar, pois em todos uma lama cinza e negra nos cercava, envolvendo-nos em um verdadeiro ermo lodoso. Assim, remávamos de bom grado, na esperança de finalmente encontrar um terreno firme.

Então, pouco antes do pôr do sol, baixamos os remos e fizemos uma escassa refeição com parte das provisões restantes; enquanto comíamos, vi o sol afundando sobre aquela terra desolada e me distraí ao observar as sombras grotescas que as árvores lançavam na água, a nosso lado, a bombordo, pois paramos em frente a uma touceira. Nesse momento, se bem me lembro, ocorreu-me como era silencioso aquele local; e não era apenas minha imaginação, pois notei que os homens, tanto os do nosso bote quanto os do contramestre, pareciam inquietos por causa do silêncio, já que só falavam em voz baixa, por medo de quebrá-lo.

E foi nesse momento, em que me assustava com tamanha desolação, que ouvimos o primeiro sinal de vida naquele ermo. Primeiro percebi que vinha de longe, bem afastado do mar: era uma nota curiosa, baixa e soluçante, que subia e descia como o lamento de uma rajada de vento solitária, em meio a uma grande floresta. Mas não havia vento. Então, em um instante, o som morreu, e, por contraste, o silêncio sobre a terra foi assustador. Olhei em volta, fitando os homens que estavam no meu bote e no do contramestre, e todos, concentrados, escutavam atentamente. Dessa forma, houve um minuto de silêncio, até que um dos homens, nervoso, soltou uma risada.

O contramestre, em voz baixa, mandou que ele se calasse e, no mesmo instante, ouvimos novamente o lamento daquele soluço selvagem. De repente, ele soou à direita, sendo logo captado, de certo modo, e ecoando em algum lugar distante de nós, acima do riacho. Com isso, levantei-me e subi de novo no banco do remador, com a intenção de dar mais uma olhada no território ao redor; contudo, as margens do riacho estavam mais altas, e, além disso, a vegetação funcionava como uma tela, mesmo que, com minha estatura e elevação, eu conseguisse olhar por cima das margens.

E então, após algum tempo, o choro morreu, seguido por outro momento de silêncio. Depois, enquanto estávamos sentados, escutando, cada um pensando no que poderia acontecer, George, o aprendiz mais jovem, ao meu lado, puxou-me pela manga perguntando com voz consternada se eu sabia o que aquele choro significava; mas eu balancei a cabeça dizendo-lhe que sabia tanto quanto ele; embora, para reconfortá-lo, tenha dito que talvez fosse o vento. Ainda assim, ao ouvir isso, ele balançou a cabeça; pois, de fato, claro que não poderia ser isso, já que o silêncio era total.

Eu acabara de fazer essa observação quando, de novo, o choro triste ecoou até nós. Parecia vir de longe, riacho abaixo e acima, do interior e do trecho de terra que nos separava do mar. Ele preencheu o ar noturno com seu doloroso pranto, e percebi que havia um soluçar curioso e bem humano naquele choro desesperado. Era algo tão impressionante que nenhum de nós falou, pois parecia lamento de almas penadas. E então, enquanto esperávamos, aterrorizados, o sol mergulhou no extremo do mundo e o crepúsculo nos envolveu.

Foi quando algo ainda mais extraordinário ocorreu. Como a noite caiu com extrema rapidez, o estranho pranto lamentoso foi abafado e outro som brotou da terra: um rosnado distante e sombrio. A princípio, assim como o choro, ele veio do interior; mas chegou rapidamente até nós, por todos os lados, logo reverberando pela escuridão. E ficou mais alto, cortado ocasionalmente por estranhos sons retumbantes. Depois, lentamente, o ruído virou um grunhido baixo e contínuo, e nele havia apenas um rosnado insistente e faminto. Sim! Nenhuma outra palavra que conheço o descreveria tão bem: um tom de *fome*, muito assustador de se ouvir. E aquilo, mais do que o incrível vozerio, aterrorizou meu coração.

Enquanto eu estava sentado, ouvindo, George de repente me puxou pelo braço, declarando em um sussurro estridente que algo havia surgido entre a touceira de árvores na margem esquerda. Logo vi que ele falava a verdade, pois ouvi o ruído de um insistente farfalhar entre elas e, em seguida, o rosnado pareceu mais próximo, como se uma fera rugisse bem ao meu lado. Logo após, escutei o contramestre chamando em voz baixa Josh, o aprendiz mais velho encarregado de nosso bote. O contramestre queria reunir os botes. Então tiramos os remos e colocamos os barcos juntos no meio do riacho; e desse jeito passamos a noite em vigília, cheios de medo, sem levantar a voz; isto é, falando somente o necessário para transmitir nossos pensamentos em meio ao rosnado.

E assim as horas se passaram, e, além do que já disse, nada mais aconteceu, salvo um momento em que, pouco depois da meia-noite, as árvores à nossa frente pareceram se agitar novamente, como se alguma criatura (ou mais de uma) estivesse entre elas, à espreita; e então logo depois ouvimos algo se mexendo na água, respingando contra a margem; mas o ruído cessou em um instante e o silêncio nos envolveu mais uma vez.

Após uma noite exaustiva, vimos que à distância, a leste, o céu começava a alvorecer; e, à medida que a luz ficava mais forte, os rosnados insaciáveis cessaram, partindo com a escuridão e as sombras. Por fim, o dia nasceu, trazendo mais uma vez o triste lamento que havia precedido a noite. Ele durou algum tempo, aumentando e diminuindo pesarosamente sobre a vastidão da desolação ao redor, até o sol erguer-se alguns graus acima do horizonte; depois disso, começou a falhar, extinguindo-se em ecos prolongados, que nos soaram solenes. E assim também ele passou, e veio novamente o silêncio que estivera conosco em todas as horas do dia.

Quando raiou o dia, o contramestre nos mandou fazer um desjejum frugal, tão escasso quanto nossas provisões; em seguida, após verificar as margens para constatar se havia algo assustador à vista, pegamos novamente os remos e continuamos nossa jornada riacho acima, à espera de um local onde a vida não houvesse se extinguido, onde fosse possível pisar em um solo confiável. Mas, como disse, onde havia vegetação, ela crescia exuberante nas touceiras; de maneira que não sou impreciso nem um pouco ao dizer que a vida tinha sido extinta naquela região. Pois, de fato, lembro-me agora de que a lama da qual as árvores saíam, abundante e viscosa, parecia realmente ter uma espécie de vida própria, fértil e letárgica.

Logo chegou meio-dia; porém, houve pouca mudança na natureza desolada que nos cercava; ainda assim, tive a impressão de que a vegetação havia ficado um pouco mais espessa e assídua ao longo das margens. Mas essas ainda abrigavam a mesma lama grossa e pegajosa, de modo que não havia um lugar adequado para atracar; e, mesmo se houvesse, o resto da região além das margens não parecia nem um pouco melhor.

Durante todo o tempo em que remamos, olhamos constantemente de uma margem à outra; e aqueles que não manejavam os remos descansavam com a mão apoiada na bainha de suas facas, pois o que acontecera à noite não saía de nossa mente e estávamos com muito medo. Creio que teríamos voltado para o mar, se nossas provisões não estivessem tão próximas do fim.

O navio no riacho

    Quando já era quase noite, chegamos pela margem esquerda a um córrego que desembocava em um riacho ainda maior. Teríamos passado por ele, como de fato fizemos por outros semelhantes ao longo do dia, mas o contramestre, cujo bote estava à frente, gritou que havia uma embarcação parada um pouco além da primeira curva. E ele estava certo; pois um dos mastros do navio (todo torto, pendendo para o lado) surgiu bem à vista.
    Doentes de tanta solidão e com medo da noite que se aproximava, soltamos algo semelhante a um viva que, no entanto, o contramestre silenciou, já que não sabíamos quem estava no navio desconhecido. Portanto, em silêncio, o contramestre virou seu bote em direção ao riacho, por onde o seguimos, tomando cuidado para não fazer barulho e manejando os remos com cautela. Logo chegamos ao acostamento e tivemos uma visão clara do navio à nossa frente. À distância, parecia abandonado; de maneira que, após certa hesitação, remamos até ele, embora ainda em silêncio.
    O estranho navio jazia na margem do riacho, à direita, com um amontoado de árvores atrofiadas logo acima. Parecia firmemente incrustado na lama densa e, pelo seu aspecto, estava ali havia muito tempo, o que

significava tristemente que, a bordo, não haveria nada adequado a um estômago honesto.

Estávamos a uma distância de cerca de dez braças da proa a estibordo do navio (pois a parte dianteira estava inclinada, apontando em direção à foz do pequeno riacho), quando o contramestre ordenou a seus homens que recuassem, orientação que Josh seguiu em relação ao nosso bote. Então, com todos prontos para fugir a qualquer sinal de perigo, o contramestre saudou o navio desconhecido; mas não obteve resposta, exceto pelo eco de seu próprio grito, que reverberou até nós. Gritou novamente para a embarcação, na esperança de que no convés inferior não tivessem ouvido a primeira saudação; mas, pela segunda vez, nenhuma resposta chegou, salvo aquele eco baixo e um ruído farfalhante das árvores silenciosas, que começaram a tremer ligeiramente, como se a voz do contramestre as tivesse perturbado.

Depois disso, passamos a nos sentir mais seguros, então paramos os botes ao lado do navio e, em um instante, trepamos nos remos e subimos até o convés. Ali, com exceção do vidro quebrado da claraboia da cabine principal e de parte da estrutura do navio destruída, não havia grande desordem. Nossa percepção era de que ele não tinha sido abandonado havia tanto tempo.

Tão logo o contramestre saiu do bote, dirigiu-se à popa, rumo à escotilha, enquanto nós o seguimos. Encontramos a tampa da escotilha quase fechada, e foi necessário tanto esforço para empurrá-la de volta que tivemos prova imediata de que já havia um bom tempo que alguém entrara ali.

Contudo, não tardou muito até chegarmos ao andar inferior onde encontramos a cabine principal vazia, exceto pela mobília despojada. A partir daí, conseguimos entrar em mais duas cabines na extremidade dianteira e na do capitão, na parte posterior, e em todas encontramos peças de vestuário e artigos diversos indicando, aparentemente, que o navio havia sido abandonado às pressas. A prova é que encontramos em uma gaveta dos aposentos do capitão uma quantidade considerável de pepitas de ouro, que supomos não terem sido abandonadas de livre e espontânea vontade.

Quanto às cabines, a do lado a estibordo parecia ter sido ocupada por uma mulher, sem dúvida uma passageira. A outra, com dois beliches, tinha sido compartilhada, pelo que pudemos observar, por dois rapazes, e isso devido às roupas espalhadas descuidadamente.

No entanto, não pensem que passamos muito tempo nas cabines; pois a urgência de encontrar comida fez com que tivéssemos pressa, sob a direção do contramestre, em descobrir se o casco do navio armazenava alimentos para a nossa sobrevivência.

Com esse fim, removemos a escotilha que conduzia ao paiol de provisões e, acendendo duas lâmpadas que trouxemos nos botes, descemos para inspecionar. E então, em pouco tempo, encontramos dois barris que o contramestre abriu com uma machadinha. Nesses tonéis, sólidos e firmes, havia biscoitos de marinheiro bons e próprios para consumo. Como podem imaginar, ficamos aliviados ao saber que não havia perigo de morrer de fome. Em seguida, encontramos um barril de melaço; outro de rum; algumas caixas de frutas secas (mofadas e imprestáveis para consumo); uma barrica de carne salgada, outra de porco defumado; um pequeno barril de vinagre; uma caixa de *brandy*; dois barris de farinha (um dos quais afetado pela umidade); e diversas velas de sebo.

Em pouco tempo, reunimos todas essas coisas na cabine grande, para separar o que era apropriado ou não para nossos estômagos. Enquanto o contramestre vistoriava essa atividade, Josh chamou alguns marinheiros e foi até o convés para trazer a bordo os apetrechos dos botes, pois ficou decidido que passaríamos a noite no navio.

Feito isso, Josh foi até ao castelo de proa; mas não encontrou nada além dos baús de dois marinheiros, uma valise impermeável e alguns utensílios avulsos. De fato, não havia mais do que dez beliches no local; pois aquele era apenas um pequeno brigue, sem uma tripulação numerosa. Josh, porém, ficou bem curioso para saber o que havia acontecido com os outros baús; pois imaginava-se que houvesse mais do que dois (e uma valise impermeável) para dez homens. Mas naquele momento ele não teve resposta e, portanto, ansioso para jantar, voltou ao convés e dali foi à cabine principal.

Enquanto esteve fora, o contramestre ordenou aos homens que limpassem a cabine principal; depois disso, serviu dois biscoitos a cada um e um trago de rum. Quando Josh apareceu, recebeu o mesmo, e dali a pouco fizemos uma espécie de reunião, agora saciados para conversar.

Porém, antes de começar, fizemos uma pausa para acender os cachimbos, pois o contramestre tinha descoberto uma caixa de tabaco na cabine do capitão, e só depois começamos a discutir nossa situação.

O contramestre estimou que havia comida para quase dois meses, isso sem grandes racionamentos; mas ainda era preciso descobrir se havia água armazenada naquele brigue, pois a do riacho era salgada, mesmo a uma boa distância do mar. Para essa tarefa, o contramestre designou Josh e mais dois homens. Também mandou que um outro se encarregasse da cozinha do navio enquanto estivéssemos ali. Mas para a noite ele afirmou que não era necessário fazer nada; pois tínhamos água suficiente nos barris dos botes até a manhã seguinte. E assim, em breve o crepúsculo começou a invadir a cabine; mas a conversa continuou, pois estávamos muito contentes em desfrutar do momentâneo conforto e do bom tabaco.

Pouco depois, subitamente, um dos homens mandou que ficássemos quietos, e, naquele instante, escutamos um lamento distante e contínuo; o mesmo que ouvimos na noite do primeiro dia. Então nos entreolhamos através da fumaça e da crescente escuridão, enquanto o ruído ficava cada vez mais nítido; em pouco tempo, estava à nossa volta, vindo de todos os lados... Sim! Parecia se infiltrar sutilmente pela estrutura quebrada da claraboia, como se uma criatura invisível e alquebrada estivesse chorando no convés, sobre nossas cabeças.

Em meio àquele alarido, ninguém se moveu; isto é, ninguém, salvo Josh e o contramestre. Eles subiram na escotilha para ver se conseguiam enxergar algo, mas não encontraram nada e logo voltaram; pois não era sensato nos expor assim, desarmados, exceto por nossas facas com bainha.

Pouco tempo depois, a noite rastejou sobre o mundo, enquanto continuávamos dentro da cabine escura, sem falar, sabendo apenas que nossos camaradas estavam ali pelo brilho de seus cachimbos.

De repente, ouvimos um rosnado baixo espalhar-se pela terra; e imediatamente o choro extinguiu-se com aquele barulho sombrio. Por fim, o rosnado cessou e houve um minuto completo de silêncio; então, mais uma vez o ouvimos, mais perto e mais nitidamente. Tirei o cachimbo da boca, pois senti novamente o medo e a inquietação que os acontecimentos da primeira noite haviam me inspirado, e o gosto da fumaça não me deu mais prazer. O rosnado baixo passou sobre nossas cabeças e extinguiu-se ao longe, seguido de um silêncio repentino.

Então, naquele silêncio, ouvimos a voz do contramestre. Ele mandou que fôssemos para a cabine do capitão. Começamos a nos mover para obedecê-lo, enquanto ele corria para fechar a tampa da escotilha; Josh o acompanhou e, juntos, conseguiram fechá-la, mesmo com dificuldade. Quando entramos na cabine, fechamos a porta e fizemos uma barricada empilhando dois grandes baús de marinheiro atrás dela; só então nos sentimos quase seguros, pois sabíamos que nada, nenhum homem ou animal, poderia atravessá-la. No entanto, como podem supor, não estávamos totalmente a salvo; havia algo demoníaco no rosnado que agora preenchia a escuridão, e não sabíamos que medonhos poderes agiam lá fora.

E assim, durante toda a noite, o rosnado continuou, parecendo cada vez mais próximo. Sim! Quase sobre nossas cabeças e tão mais alto do que na noite anterior que agradeci ao Todo-Poderoso pelo abrigo que encontramos em meio a tanto medo.

A coisa a vasculhar

Adormeci algumas vezes, assim como a maioria; mas durante quase toda a noite tive um sono intermitente, incapaz de alcançar um sono profundo devido ao eterno rosnado e ao medo que ele me provocava. Então ocorreu que, logo após a meia-noite, escutei na cabine principal, do outro lado da porta, um ruído que me deixou imediatamente desperto. Eu me sentei, escutando atentamente, e percebi que algo andava desajeitadamente no convés da cabine principal. Com isso, levantei-me e fui até onde estava o contramestre, com a intenção de acordá-lo, se estivesse dormindo; mas ele segurou meu tornozelo quando me abaixei para sacudi-lo e sussurrou que eu ficasse calado, pois também ouvira aquele estranho ruído de alguma coisa tateando perto da cabine principal.

Em seguida, eu e ele fomos furtivamente até a porta, chegando o mais perto que os baús permitiam e ali nos agachamos para ouvir; mas foi impossível dizer que tipo de criatura produziria um ruído estranho como aquele. Pois não era o barulho de passos, nem de alguém arrastando os pés, tampouco o zumbido das asas de um morcego, o que havia me ocorrido assim que o escutei, sabendo que os vampiros, segundo dizem, costumam sair à noite em lugares sinistros. Também não parecia o deslizar de uma cobra; a impressão era que um grande pano úmido estava sendo esfregado em todo o chão e nas anteparas. Tínhamos quase certeza dessa semelhança quando, subitamente, o barulho irrompeu do outro lado da porta; nesse momento, evidentemente recuamos, apavorados; embora a porta e os baús permanecessem entre nós e aquilo que se esfregava nela.

Por fim, o som cessou e, mesmo atentos, foi impossível distingui-lo. E não conseguimos mais dormir até de manhã, pensando, inquietos, naquela coisa que parecia procurar algo na cabine grande.

Assim que o dia raiou, os rosnados cessaram. Por um melancólico instante, o lamento triste invadiu nossos ouvidos e, por fim, o silêncio perene que preenchia as horas diurnas daquela terra sombria caiu sobre nós.

Com algum sossego, finalmente dormimos, pois estávamos muito cansados. Cerca das sete da manhã, o contramestre me acordou e descobri que eles tinham aberto a porta da cabine principal; mas, mesmo fazendo uma busca minuciosa, nada encontramos em lugar nenhum que desse algum sinal da coisa que nos deixou tão aterrorizados. Contudo, não sei se é certo que não encontramos nada; pois, em vários lugares, as anteparas pareciam ter sido *esfregadas*, e era impossível saber se já estavam assim antes.

O contramestre pediu que eu não comentasse o que escutamos, pois não queria que os homens ficassem ainda mais medrosos. Achei bem sensato da parte dele, e então me calei. Ainda assim, eu estava ansioso para descobrir o que era aquilo, se deveríamos temer a tal coisa e se estaríamos livres dela durante o dia; pois o tempo todo, enquanto circulava de um lado para outro, eu pensava que AQUILO (assim eu a chamava mentalmente) poderia chegar de repente e nos matar.

Após o desjejum, cada um comendo sua porção de porco salgado, além de rum e biscoitos (agora já havia um fogo aceso na cozinha), tratamos de vários assuntos, sob a orientação do contramestre. Josh e dois marinheiros examinaram os tonéis de água, enquanto erguemos as tampas da escotilha principal para inspecionar a carga; mas, vejam só, nada encontramos, exceto cerca de um metro de água no porão.

A essa altura, Josh havia tirado parte da água dos barris; mas ela estava imprópria para consumo, com péssimo gosto e odor. Mesmo assim, o contramestre mandou que ele colocasse um pouco de água nos baldes, na esperança de que o ar pudesse purificá-la; mas mesmo fazendo isso e pondo a água ao relento até de manhã, não houve grande melhora.

Diante disso, como podem imaginar, demos tratos à bola tentando encontrar um jeito de produzir água potável; pois a essa altura estávamos começando a precisar. Mas, embora cada um desse a sua opinião, ninguém foi capaz de sugerir um método satisfatório. Então, quando acabamos de jantar, o contramestre mandou Josh e mais quatro homens subirem o rio para verificar se, após uma ou duas milhas, a água tinha a pureza desejada. No entanto, eles retornaram um pouco antes do pôr do sol sem água potável, pois em toda parte ela era salgada.

Então, prevendo que seria impossível encontrar água, o contramestre mandou o homem que designou como nosso cozinheiro ferver água do riacho em três grandes chaleiras, assim que o bote partisse; e no bico de cada uma, pendurou uma grande panela de ferro cheia de água fria do porão (mais fresca que a do riacho). O vapor de cada chaleira invadiu a superfície fria das panelas de ferro e foi, assim, condensado e captado em três baldes colocados embaixo delas, na cozinha do navio. Dessa forma, recolhemos água suficiente para a noite e a manhã seguinte; ainda assim, era um método lento, e precisávamos com urgência de outro mais rápido para conseguir abandonar o navio em breve, o que eu, no fundo, queria mais do que os outros.

Jantamos antes do pôr do sol, para não ter o choro (que, certamente, chegaria em breve) como música de fundo. Depois disso, o contramestre fechou a escotilha e fomos todos para a cabine do capitão, trancando a porta como na noite anterior; e ainda bem que tomamos essa providência.

Ao nos instalarmos na cabine do capitão e protegermos a porta, o sol se pôs e, quando a escuridão surgiu, o lamento melancólico atravessou a terra; e nós, já habituados a tanta estranheza, acendemos nossos cachimbos e fumamos; embora eu tenha reparado que ninguém falava, pois aquele choro não era algo de se esquecer facilmente.

Então, como disse, ficamos em silêncio; mas ele durou pouco, e nossa razão para quebrá-lo foi uma descoberta feita por George, o aprendiz mais novo. Como o rapaz não fumava, quis fazer algo para passar o tempo e, com esse intuito, pôs-se a vasculhar o conteúdo de uma pequena caixa que estava no convés, ao lado da antepara dianteira.

A caixa parecia repleta de pequenas e estranhas quinquilharias, entre as quais uma dúzia ou mais de embalagens de papel cinza, como essas usadas, acho eu, para transportar amostras de milho; embora as tenha visto utilizadas para outros fins, como, de fato, era o caso. A princípio, George as deixou de lado; mas, como estava mais escuro, o contramestre acendeu uma das velas que havíamos encontrado no paiol. Assim, George, que estava começando a arrumar a bagunça do local, descobriu algo que o fez gritar de espanto.

Ao escutar o grito de George, o contramestre ordenou-lhe que se calasse, pensando que aquilo fosse um simples sinal de inquietude juvenil; mas George pegou a vela e pediu que escutássemos o que ele tinha a dizer, pois os invólucros estavam cobertos com uma letra bonita, parecida com a de uma mulher.

Enquanto George nos contava o que havia descoberto, percebemos que a noite havia caído; pois subitamente o choro cessou e, em seu lugar, escutamos o som baixo e distante do rosnado noturno que nos havia atormentado nas últimas duas noites. Durante algum tempo, paramos de fumar e nos sentamos, escutando atentamente; de fato, era um som muito assustador. Dali a pouco, ele pareceu circundar o navio, como nas noites anteriores; mas, por fim, já acostumados àquilo, voltamos a fumar e pedimos a George que lesse para nós o que estava escrito nas embalagens.

Então, George, com a voz um pouco trêmula, começou a decifrar o que estava escrito no papel e pôs-se a narrar uma história estranha e impressionante, que muito tinha a ver com nossas preocupações:

> *Quando descobriram o manancial entre as árvores que encimam a margem, houve muita alegria; pois precisávamos desesperadamente de água. Mas alguns, temendo o navio (declarando, devido a todo o nosso infortúnio e ao estranho desaparecimento de seus companheiros de bordo e do irmão de meu amado, que ele estava assombrado por um demônio), demonstraram sua intenção de levar os equipamentos até a nascente e lá montar um acampamento. Isso eles planejaram e realizaram em uma tarde; embora nosso capitão, um homem bom e honesto, houvesse implorado que não fizessem isso e afirmado que, se davam valor à própria vida, permanecessem no atual abrigo. No entanto, como já disse, nenhum deles escutou esse conselho, e, como o imediato e o contramestre haviam desaparecido, ele não tinha meios de convencê-los a serem prudentes...*

Nesse ponto, George parou de ler e começou a remexer nos papéis, como se buscasse a continuação do relato.

Em seguida, falou que não conseguia encontrá-la e o desânimo estampou-se em seu rosto.

Mas o contramestre disse-lhe para continuar lendo as folhas que sobraram; pois, como observou, não sabíamos se existiam outras; e queríamos ouvir mais sobre o manancial, que, segundo o relato, parecia estar na margem próxima ao navio.

George, ao receber a ordem, pegou a folha de cima; pois todas eram estranhamente numeradas, como o ouvi explicar ao contramestre, e faziam poucas referências umas às outras. No entanto, estávamos extremamente ansiosos para saber qualquer coisa que aqueles singulares fragmentos poderiam nos dizer. Sendo assim, George leu o próximo papel, que dizia o seguinte:

> *Subitamente, ouvi o capitão gritar que havia algo na cabine principal e, de imediato, meu amado pediu que eu trancasse a porta e*

não a abrisse em hipótese alguma. Em seguida, a porta da cabine do capitão fechou-se com violência e fez-se silêncio no aposento, que foi quebrado por um barulho. Foi a primeira vez que ouvi a Coisa vasculhar a cabine grande; porém, mais tarde, meu amado me contou que isso já tinha acontecido antes e eles não me disseram nada, temendo me assustar sem necessidade; embora agora eu saiba por que meu amado me fez prometer que eu jamais deixaria a porta da minha cabine destrancada durante a noite. Lembro-me também de pensar se o barulho de vidro quebrado que me despertara dos meus sonhos uma ou duas noites antes tinha sido obra dessa Coisa indescritível; pois vi que, na manhã seguinte, o vidro da claraboia estava quebrado. Assim meus pensamentos se detiveram em ninharias, enquanto minha alma aterrorizada parecia prestes a saltar do peito.

Com o hábito, eu me acostumei a dormir, apesar do terrível rosnado; pois cheguei à conclusão de que eram murmúrios de espíritos da noite e não permiti que pensamentos melancólicos me assustassem; afinal, o meu amado me garantiu que estávamos seguros e logo voltaríamos para casa. E então, atrás da minha porta, escutei o medonho barulho da Coisa vasculhando...

George fez uma pausa repentina; pois o contramestre havia se levantado e colocado sua grande mão no ombro dele. O rapaz tentou falar; mas o contramestre fez um gesto para que se calasse. Nós, já nervosos com os acontecimentos do relato, começamos a prestar atenção em todos os ruídos. E então escutamos um som não percebido antes, devido ao barulho do rosnado fora do navio e ao interesse na leitura.

Durante algum tempo, ficamos bem quietos, apenas respirando, e então percebemos alguma coisa se mover do lado de fora da cabine grande. Em seguida, algo encostou em nossa porta e, como já disse, parecia um grande esfregão sendo passado e friccionado na madeira. Os homens mais próximos recuaram sem hesitar, subitamente aterrorizados ao perceberem a

Coisa tão perto; mas o contramestre ergueu a mão, pedindo, em voz baixa, que não fizessem ruídos desnecessários. Porém, como se o barulho dos movimentos dos homens fosse ouvido do outro lado, a porta foi sacudida com tamanha violência que achamos que seria arrancada das dobradiças; contudo, ela resistiu, e nos apressamos em barricá-la com as tábuas do beliche, que colocamos entre a porta e os dois grandes baús. Por fim, pusemos sobre estes um terceiro baú, para que a porta ficasse bem protegida.

Não me lembro se disse que, quando subimos a bordo pela primeira vez, descobrimos que a janela da popa a bombordo tinha sido estilhaçada; de todo modo, isso ocorreu, e o contramestre a tapou com um pedaço de madeira de teca, que tinha fortes batentes atravessados, presos com cunhas, e estava ali para ser usada em caso de tempestade. Ele fez isso na primeira noite, temendo que algo perverso tentasse chegar até nós através da abertura, o que foi prudente, como se verá adiante. Então George gritou que havia alguma coisa na janela a bombordo e recuamos, cada vez mais temerosos ao constatar que havia uma criatura maligna ansiosa para nos encontrar. Mas o contramestre, homem corajoso e, entretanto, bastante calmo, caminhou até a janela fechada e viu que os batentes estavam bem presos; ele sabia muito bem que nenhuma criatura com força inferior a uma baleia poderia rompê-los e, nesse caso, seu tamanho impediria que fôssemos atacados.

Mas, enquanto ele inspecionava as trancas, ouvimos um dos homens soltar um grito de medo e vimos surgir no vidro da janela intacta uma massa avermelhada, que mergulhou contra ela e começou a sugá-la, ao que me pareceu. Então Josh, mais próximo da mesa, pegou a vela e aproximou-a da Coisa; e assim eu vi que ela tinha muitas abas que se agitavam e pareciam feitas de carne crua, *mas estava viva.*

Ficamos apenas observando, perplexos e horrorizados demais para tentar nos proteger, mesmo tendo armas. E, enquanto ficamos imóveis por um instante, como tolas ovelhas aguardando o açougueiro, ouvi a janela ranger e estalar, e surgiram rachaduras no vidro inteiro. Em pouco tempo, a janela toda teria sido arrancada e a cabine estaria indefesa se o contramestre, nos amaldiçoando por nossa inutilidade, não houvesse agarrado a outra tampa para colocá-la sobre a janela. Depois disso, surgiram mais homens do que o necessário para ajudar, e os batentes e as cunhas foram postos no lugar em um instante. Que isso foi feito na hora certa, não havia dúvida; pois ouviu-se imediatamente o ruído de madeira arrancada e vidro estilhaçado e, depois disso, um estranho uivo lá fora, em meio à escuridão, que se elevou e abafou o contínuo rosnado que preenchia a noite. Dali a pouco, ele cessou e, no breve silêncio que se seguiu, ouvimos um úmido e desajeitado tatear na tampa de teca; mas ela estava bem ajustada à janela e não tínhamos nenhum motivo para temer.

As duas faces

Tenho apenas uma vaga lembrança do resto daquela noite. Às vezes ouvíamos a porta chacoalhar atrás dos grandes baús, mas sem qualquer prejuízo. Em alguns momentos, houve um baque surdo e um suave roçar no convés sobre nossas cabeças, e outra vez, pelo que me lembro, a Coisa fez uma última tentativa nas tampas de teca que revestiam as janelas; mas por fim, quando o dia raiou, eu já estava dormindo. De fato, dormimos até depois do meio-dia, mas o contramestre, atento às nossas necessidades, nos acordou e removemos os baús. No entanto, por cerca de um minuto, ninguém se atreveu a abrir a porta até o contramestre mandar que saíssemos da frente. Nós nos viramos e vimos que ele empunhava um grande cutelo na mão direita.

Disse que havia mais quatro armas e apontou com a mão esquerda para um armário aberto. Então, como podem imaginar, corremos até lá e descobrimos que o móvel abrigava, entre outros apetrechos, três armas semelhantes à dele, além de uma espada reta, que tive a sorte de agarrar.

Assim armados, corremos para nos juntar ao contramestre; pois a essa altura ele tinha aberto a porta e examinava a cabine principal. Nunca é demais lembrar como uma boa arma pode encorajar um homem. Eu, que há poucas horas temia por minha vida, passei a me sentir combativo e cheio de vigor, o que talvez não fosse de lamentar.

Da cabine principal, o contramestre nos levou até o convés, onde me lembro de ficar surpreso ao encontrar a tampa da escotilha tal como a tínhamos deixado na noite passada; então me lembrei de que a claraboia estava quebrada e, assim, permitia o acesso à cabine grande. Mas me perguntei que espécie de criatura poderia ignorar a conveniência da escotilha e descer por meio de uma claraboia quebrada.

Fizemos uma busca no convés e no castelo de proa, mas não encontramos nada; então, o contramestre pôs dois homens de guarda, enquanto os demais se ocupavam de outros afazeres. Pouco depois, tomamos o desjejum e, em seguida, nos preparamos para checar aquela narrativa dos invólucros de papel e ver se, por acaso, havia mesmo uma fonte de água doce entre as árvores.

Entre a embarcação e as árvores havia uma ladeira de lama espessa sobre a qual o navio repousava. De tão escorregadia e encorpada, seria quase impossível atravessá-la; de fato, só mesmo rastejando. Nesse instante, Josh gritou para o contramestre que havia encontrado uma escada amarrada na ponta do castelo de proa. Ele a trouxe, junto com várias tampas de escotilha. Estas foram colocadas na lama, com a escada por cima; e, só assim, conseguimos passar para o alto da margem sem encostar no lodo.

Então nos embrenhamos imediatamente entre as árvores que cresciam até a margem; mas não foi difícil abrir caminho; pois elas não cresciam perto umas das outras, mas cada qual em seu reduzido espaço.

Não tínhamos avançado muito quando, de repente, alguém do grupo gritou que via algo à direita. Cada um agarrou resolutamente sua arma e seguiu naquela direção. Mas descobrimos que era apenas um baú de marinheiro e que, adiante, havia outro. E assim, após pequena caminhada, encontramos o acampamento, que pouco se parecia com um, pois a vela com a qual a tenda tinha sido armada estava manchada e caída no chão, enlameada e em farrapos. No entanto, o manancial, com sua água clara e doce, era tudo o que queríamos, sendo possível sonhar em escapar dali.

Ao descobrir a fonte, deveríamos alertar com um grito os que estavam na embarcação; mas não foi o que fizemos, pois havia algo naquele lugar que lançou uma sombra sobre nossos espíritos e ninguém relutou em voltar ao navio.

Assim que chegamos ao brigue, o contramestre mandou que quatro marinheiros descessem aos botes e lhe entregassem os barris. Também coletou os baldes do navio e, imediatamente, cada um de nós começou o trabalho. Alguns homens, armados, entraram na floresta e entregaram água aos que aguardavam na margem, e estes, por sua vez, entregaram os barris cheios àqueles do navio. Ao marinheiro da cozinha, o contramestre ordenou que enchesse uma caldeira com pedaços selecionados de carne bovina e suína dos tonéis e os cozinhasse o mais rápido possível, e assim aguardamos; pois foi determinado (logo que encontramos água) que não ficaríamos nem uma hora a mais naquela embarcação infestada de monstros e estávamos impacientes para embarcar nos botes repletos de provisões e voltar ao mar, de onde havíamos escapado com tanta alegria.

Trabalhamos durante o resto da manhã e seguimos até a tarde; pois tínhamos um medo mortal da escuridão que se aproximava. Por volta das quatro horas, o contramestre mandou que o marinheiro da cozinha nos levasse biscoitos cobertos com fatias de carne salgada, e comemos enquanto trabalhávamos, molhando a garganta com água da nascente; assim, antes do anoitecer, os reservatórios de água e quase todos os recipientes adequados para levarmos nos botes estavam cheios. Além disso, alguns aproveitaram a chance para se banhar, pois nossas peles estavam feridas com água salgada de tanto mergulhar no mar para tentar aplacar a sede.

Em uma situação mais favorável, não seria tão demorado transportar a água; mas, devido à maciez do solo, ao cuidado ao caminhar e à relativa distância que nos separava do brigue, o tempo passou mais rápido do que o esperado, sem que o trabalho houvesse terminado. Portanto, quando o contramestre enviou uma mensagem mandando que subíssemos a bordo com o equipamento, obedecemos, apressados. Assim descobri, por acaso, que havia deixado minha espada ao lado do manancial, colocada ali para eu ter as mãos livres quando carregasse um dos reservatórios de água. Comentei que havia perdido a arma, e George, que estava por perto, muito curioso para ver a fonte, gritou que iria buscá-la, sumindo em um piscar de olhos.

Em seguida, o contramestre apareceu e chamou-o, e eu disse que ele havia corrido até a fonte para pegar minha espada. Ao escutar isso, o contramestre bateu o pé e praguejou, dizendo que tinha ficado com ele o dia todo para afastá-lo de qualquer perigo no bosque, sabendo que o rapaz desejava se aventurar por lá. Diante disso, que eu já deveria ter imaginado, admiti minha enorme estupidez e apressei-me em seguir o contramestre, que havia desaparecido no alto da margem. Vi suas costas quando penetrou na floresta e corri para alcançá-lo; pois, de repente, senti que reinava entre as árvores uma fria umidade, embora havia pouco o lugar estivesse banhado de sol. Acho que tive essa sensação porque éramos apenas dois e a noite se aproximava rapidamente.

Chegamos à fonte; mas George não estava lá e não vi sinal da minha espada. Com isso, o contramestre ergueu a voz e berrou pelo rapaz. Ele chamou uma primeira e uma segunda vez; então ouvimos a resposta estridente de George a certa distância, entre as árvores. Corremos na direção do som, afundando pesadamente no solo que, recoberto por uma espessa espuma, impedia-nos de caminhar normalmente. Enquanto corríamos, chamamos George, e então ele apareceu, com a minha espada nas mãos.

O contramestre correu até ele e pegou-o pelo braço, raivoso, mandando que voltasse conosco imediatamente para o navio.

Mas o rapaz, em resposta, apontou com minha espada e vimos o que parecia ser um pássaro no tronco de uma das árvores. Porém, quando me aproximei, percebi que aquilo não era um pássaro, e sim parte da árvore; mas a semelhança era tão incrível que fui até lá para ver com meus próprios olhos. No entanto, aquilo nada mais era que uma aberração da natureza, uma excrescência no tronco, embora de uma fidelidade espantosa. Pensando estar diante de algo raro, estendi a mão para ver se poderia arrancá-lo da árvore; mas estava muito alto, fora de alcance, de modo que tive que deixá-lo ali. Uma coisa, porém, eu descobri: ao esticar a mão em direção à protuberância, encostei na árvore e constatei que seu tronco era muito parecido com um cogumelo, macio como polpa sob meus dedos.

Quando nos viramos para ir embora, o contramestre perguntou a George por que tinha ido além da fonte, e ele respondeu que pensou ter ouvido um chamado entre as árvores, e havia tanta dor na voz que ele correu até lá; mas não conseguiu descobrir de quem se tratava. Logo depois, ele viu a curiosa excrescência parecida com um pássaro em uma árvore próxima. Então o chamamos e o resto já era conhecido.

Estávamos no caminho de volta, perto da fonte, quando um súbito e débil queixume pareceu ecoar entre as árvores. Olhei para o céu e percebi que a noite se aproximava. Estava prestes a comentar isso com o contramestre quando ele parou abruptamente e curvou-se para fitar as sombras à direita. George e eu nos viramos para ver o que atraíra a atenção dele; e então notamos, a cerca de vinte metros de distância, uma árvore cujos galhos enlaçavam o próprio tronco, como um chicote enrolado em um animal. Aquela visão era realmente estranha, de modo que resolvemos ir até lá para descobrir o motivo de algo tão extraordinário.

No entanto, quando nos aproximamos, não conseguimos compreender o que a árvore pressagiava; simplesmente andamos em torno dela e, após essa volta, ficamos ainda mais perplexos com aquela grande planta.

Mas de repente, ao longe, escutei o lamento que vinha antes do anoitecer e me pareceu que a árvore gemeu para nós. Aquilo me deixou perplexo e assustado; mas, embora eu tenha recuado, não consegui tirar os olhos dela; pelo contrário, passei a examiná-la com mais atenção e, subitamente, vi um rosto humano, marrom, olhando para nós por entre os galhos que a envolviam. Fiquei atônito, tomado por aquele medo que nos paralisa. Então, antes de me recuperar, vi que o rosto fazia parte do tronco; era impossível dizer onde ele terminava e a árvore começava.

Então peguei o contramestre pelo braço e apontei; pois, parte da árvore ou não, aquilo era obra do diabo. Mas o contramestre, ao vê-lo, aproximou-se imediatamente e ficou tão perto que poderia encostar nele. Eu me vi junto a ele; George, do outro lado do contramestre, sussurrou que havia outra face ali, parecida com a de uma mulher. De fato, assim que percebi a semelhança, vi que a árvore tinha uma segunda excrescência que lembrava estranhamente um rosto feminino. O contramestre blasfemou diante de tamanha estranheza e senti o braço que eu segurava tremer ligeiramente, como se tomado de profunda emoção. Então, de longe, ouvi de novo o som do choro e, imediatamente, as árvores ao nosso redor emitiram lamentos e um grande suspiro. Mal tive tempo de compreender o que estava acontecendo quando a árvore gemeu de novo. Ao escutar isso, o contramestre exclamou subitamente que sabia; embora, naquela época, eu não fizesse a menor ideia do que ele *sabia*. E, imediatamente, diante de nós, ele começou a atacar a árvore com o cutelo e a clamar a Deus que a destruísse; e, vejam só, após golpeá-la, uma coisa medonha aconteceu: a árvore sangrou como uma criatura viva. Em seguida, soltou um grande uivo e começou a se contorcer. E, de repente, percebi que ao redor as árvores estremeciam.

Então, George gritou, correndo até mim, e vi que uma daquelas coisas imensas, semelhantes a repolhos, passara a persegui-lo com a ponta do caule, como uma serpente maligna. Era uma visão horrível, pois a coisa assumira uma cor vermelho-sangue; contudo, eu a golpeei com a espada que havia tirado do rapaz, e ela caiu no chão.

Ouvi os gritos dos marinheiros no brigue, e então as árvores começaram a se mexer como se tivessem vida. Um longo rosnado e medonhas trombetas soaram. Peguei o contramestre pelo braço outra vez e gritei que precisávamos salvar a nossa pele; e foi o que fizemos, golpeando com nossas espadas enquanto corríamos, pois da crescente penumbra surgiram criaturas que nos atacavam.

Quando finalmente conseguimos chegar ao brigue, os botes estavam prontos e eu embarquei correndo no do contramestre. Zarpamos de imediato, remando com o máximo de velocidade que nossas cargas permitiam. Enquanto avançávamos, virei-me para fitar a embarcação e pareceu-me que uma miríade de criaturas esperava na margem perto dela; também vislumbrei coisas movendo-se a bordo, para cá e para lá. Então chegamos ao grande riacho pelo qual tínhamos vindo e, pouco tempo depois, anoiteceu.

Remamos durante toda a noite, mantendo-nos no centro do grande riacho, enquanto em volta bradava o vasto rosnado, mais aterrador do que nunca. Tive a sensação de que havíamos despertado aquela terra de horror, que agora percebera a nossa presença. Contudo, quando a manhã chegou, tínhamos alcançado tamanha velocidade graças ao medo e à corrente a favor que chegamos muito próximos do mar aberto; então, cada um de nós soltou um grito de alívio, como prisioneiros libertos.

E assim, gratos ao Todo-Poderoso, remamos em direção ao mar.

A grande tormenta

Como disse, chegamos finalmente em segurança ao mar aberto e assim, durante algum tempo, tivemos um pouco de tranquilidade; embora tenha demorado muito para nos livrar do terror que a Terra da Solidão havia lançado em nossos corações.

Há mais uma questão a respeito dessa terra que me veio à memória. Como devem se lembrar, George encontrou certos invólucros escritos. Com a pressa de partir, ele não pensou em trazê-los; mas encontrou no bolso lateral de sua jaqueta um dos papéis, que dizia mais ou menos isto:

> *Mas ouço a voz do meu amado gemendo à noite e decidi procurá-lo; pois não consigo mais suportar a solidão. Que Deus tenha piedade de mim!*

Só isso.

Por um dia e uma noite nos distanciamos da terra, navegando na direção norte, com a vela ao terço enfunada por uma brisa constante. Assim fizemos um bom trajeto, pois o mar estava calmo, embora com ondas lentas e pesadas vindas do sul.

Foi na manhã do segundo dia, após a fuga, que começou a nossa aventura pelo Mar Silencioso, que passo a relatar da maneira mais clara possível.

A noite foi tranquila, com brisa constante até perto do amanhecer, quando o vento diminuiu até cessar por completo. Ficamos à espera de que o sol trouxesse alguma brisa. E isso ocorreu, mas não como desejamos; pois, quando amanheceu, descobrimos que aquela parte do céu estava tomada por uma ardente vermelhidão, que logo se espalhou até o sul, de maneira que, para nós, um quarto dela parecia um imenso arco de fogo cor de sangue.

Ao ver esses preságios, o contramestre ordenou que os botes fossem preparados para a tormenta a temer e procurou algum sinal dela ao sul, pois as ondas que chegaram até nós tinham vindo dessa direção. Com esse intuito, erguemos todas as lonas grossas que os botes continham, pois tínhamos trazido da embarcação do riacho um rolo e meio; também pegamos as capas dos botes, que poderíamos amarrar aos batentes de latão sob a amurada dos barcos. Então instalamos em cada bote um convés curvo (armazenado em cima dos bancos dos remadores) e seus suportes, amarrando-os aos pés dos bancos. Em seguida, esticamos duas peças robustas de lona por todo o barco, sobre o convés curvo, e as pregamos para que formassem uma cobertura pendente sobre cada lado das amuradas, como um teto. Então, enquanto alguns esticavam a lona e pregavam suas bordas inferiores nas amuradas, outros cuidavam de amarrar os remos e o mastro, utilizando para isso uma quantidade considerável da corda nova de cânhamo de três polegadas e meia que também trouxemos da embarcação, juntamente com a lona. Essa corda foi então passada sobre a proa, pelo anel do cabo de atracação e pelos bancos dianteiros, onde a amarramos firmemente. Tivemos o cuidado de embrulhá-la com tiras de vela, para não esfolar nossas mãos com o atrito. Isso foi feito em ambos os botes, pois não podíamos confiar nos cabos de atracação, que não eram compridos o bastante para nos proteger e garantir uma travessia tranquila e segura.

A essa altura, já tínhamos pregado a lona na amurada dos botes, depois estendemos a capa sobre ela, amarrando-a aos batentes de latão sob a amurada. E finalmente o bote foi todo coberto, exceto por um lugar na popa, onde um homem deveria ficar de pé para manejar o remo de direção, visto que os botes tinham proas duplas. Tomamos o mesmo cuidado com cada embarcação, amarrando os objetos soltos e nos preparando para enfrentar uma tormenta cuja magnitude certamente encheria nossos corações de terror. O céu anunciava que os ventos não seriam fracos, e as grandes ondas do sul ficavam maiores a cada hora; ainda assim, não pareciam impetuosas, pois eram lentas, oleosas e negras contra a vermelhidão do céu.

Assim que preparamos tudo, lançamos o feixe de remos e o mastro que serviria como âncora e ficamos à espera. Foi nesse momento que o contramestre chamou Josh e avisou-o do que vinha pela frente. Em seguida, os dois afastaram os botes um do outro, pois havia o perigo de se chocarem em meio à violência da tempestade.

E então chegou a hora de esperar, com Josh e o contramestre nos remos de direção de cada bote, e nós protegidos sob o abrigo. Agachado, perto do contramestre, avistei Josh no outro bote, a bombordo: de pé, negro como uma aparição noturna, recortado na poderosa vermelhidão. Seu bote chegou às cristas sem espumas das ondas e depois sumiu de vista em suas cavidades.

O meio-dia chegou e passou, e revezamo-nos para comer a melhor refeição que nossos apetites permitiram; pois não sabíamos quando teríamos oportunidade de fazer outra nem se voltaríamos a pensar nisso. E então, no meio da tarde, ouvimos os primeiros rumores da tormenta: um clamor distante, que diminuía e aumentava solenemente.

Logo toda a parte sul do horizonte, talvez de sete a dez graus de altura, foi encoberta por uma grande parede de nuvens negras, sobre as quais o brilho vermelho desceu até os vagalhões como se viesse da luz de algum fogo vasto e invisível. Foi mais ou menos nesse instante que notei que o sol tinha a aparência de uma grande lua cheia, pálida e claramente definida, mas sem calor ou brilho aparente; e isso, como podem imaginar, nos parecia ainda mais estranho devido à vermelhidão ao sul e ao leste.

Enquanto isso, as ondas aumentaram prodigiosamente, embora sem agitar as águas. Elas diziam que tinha sido bom tomar tantas precauções, pois certamente foram produzidas por uma grande tempestade. Pouco antes do anoitecer, o rumor surgiu novamente, depois um momento de silêncio, seguido subitamente por bramidos como os de bestas selvagens, e, então, mais uma vez o silêncio.

Mais ou menos nessa hora, como o contramestre não se opôs, enfiei a cabeça por cima da cobertura e fiquei de pé; pois até então eu tinha dado apenas algumas olhadelas ocasionais. Fiquei muito feliz com a chance de esticar os braços e as pernas, porque estava com fortes cãibras. Após espantar a indolência do sangue, sentei-me novamente, mas em tal posição que pudesse enxergar sem dificuldade todo o horizonte. À nossa frente, ao sul, vi então que a grande muralha de nuvens subira mais alguns graus e havia menos vermelhidão no céu; embora o que restasse dela fosse por demais aterrorizante. Era como se uma espuma vermelha recobrisse a nuvem negra, como se um mar possante estivesse prestes a se quebrar sobre o mundo.

No oeste, o sol se punha atrás de uma curiosa névoa avermelhada, com aparência de um disco vermelho opaco. Ao norte, bem no alto, nuvens imóveis com uma bela tonalidade cor-de-rosa salpicavam o céu. E aqui devo observar que todo o mar ao norte de onde estávamos parecia um verdadeiro oceano de fogo rubro e opaco; embora, como era de se esperar, as muitas ondas que vinham do sul se destacassem contra a luz como imensas elevações de trevas.

Depois de fazer essas observações, ouvimos de novo o distante rugido da tormenta, e não consigo descrever o colossal horror que aquele som nos inspirou. Era como se uma poderosa besta rosnasse lá longe, ao sul, deixando claro que éramos apenas dois pequenos botes em um local bastante ermo. Mas então, enquanto o rugido perdurava, vi brilhar uma repentina luz, como se brotasse da borda do horizonte ao sul. Era uma espécie de raio, mas não desapareceu imediatamente como acontece com os relâmpagos; além disso, por experiência, eu sabia que eles não brotavam do mar, e sim do céu. Hoje em dia, estou quase certo de que era uma espécie de relâmpago, pois apareceu muitas vezes depois, e assim pude observá-lo melhor. E com frequência, enquanto eu o observava, a tormenta gritou de maneira assustadora.

Então, quando o sol estava quase encostando no horizonte, ouvimos um som muito agudo, penetrante e desesperador; na mesma hora, o contramestre gritou algo com voz rouca e começou a sacudir furiosamente o remo de direção. Vi seu olhar fixar-se em um ponto situado quase a bombordo da nossa proa e percebi que naquela direção o oceano inteiro se transformara em grandes nuvens de espuma, semelhante à poeira, e soube que a tempestade havia chegado. Logo depois, uma fria rajada nos atingiu, mas sem provocar nenhum dano, pois o contramestre conseguiu fazer com que a proa recebesse todo o impacto. O vento passou por nós e houve um instante de tranquilidade. E então, no ar à nossa volta irrompeu um rugido contínuo, tão alto e intenso que achei que ficaria surdo. A barlavento, percebi uma enorme muralha de jatos caindo sobre nós e ouvi novamente o grito estridente atravessar o rugido. Então o contramestre bateu com seu remo em nosso teto improvisado e, estendendo a mão, puxou a lona para a popa, de modo que ela cobrisse o barco inteiro; e a manteve contra a amurada a estibordo, gritando para eu fazer o mesmo a bombordo. Não fosse essa prevenção, estaríamos todos mortos agora; e talvez isso pareça mais verossímil quando eu explicar que sentimos cair sobre a resistente lona que nos cobria toneladas e toneladas de água, embora tão espumosa que lhe faltava a força necessária para nos afundar ou esmagar. Eu disse "sentimos" para deixar claro, de uma vez por todas, que tão intensos eram o rugido e os gritos dos elementos que nenhum som poderia ter chegado até nós. Nem sequer o retumbar de poderosos trovões. E então, durante um minuto talvez, o barco estremeceu, balançando da forma mais infame e com tanta violência que parecia prestes a partir-se ao meio; e de uma dúzia de lugares entre a amurada e a lona que nos cobria, a água nos fustigou. E digo mais: durante aquele minuto, o barco deixou de subir e descer com os vagalhões, e não sei dizer se foi porque a primeira rajada de vento aplainou o mar ou se foi a violência da tempestade que não o deixou se mover.

Pouco depois, dissipada a fúria inicial das rajadas de vento, o bote começou a balançar de um lado para o outro, como se o vento soprasse ora a estibordo, ora a bombordo; e várias vezes fomos atingidos com força por sólidos golpes de água. Mas isso logo passou e voltamos mais uma vez a subir e descer as ondas, levando um cruel solavanco toda vez que o barco chegava à crista do oceano. E isso durou algum tempo.

Por volta da meia-noite, pelos meus cálculos, possantes relâmpagos cruzaram o céu com tamanho ímpeto que iluminaram o bote através da dupla cobertura de lona; no entanto, nenhum de nós ouviu o estrondo do trovão, pois o rugido da tormenta silenciava tudo.

E assim, ao amanhecer, constatando que ainda estávamos vivos, graças a Deus, fizemos turnos para comer e beber; depois voltamos a dormir.

Extremamente cansado devido à tensão da noite passada, cochilei por muitas horas durante a tempestade, despertando em algum momento entre o meio-dia e a tarde. Enquanto estava deitado, olhando para cima, vi que a lona exibia uma opaca cor plúmbea, enegrecida completamente, de vez em quando, pelos borrifos de espuma e água. Pouco depois, após comer novamente e sentir que tudo estava nas mãos do Todo-Poderoso, voltei a dormir.

Na noite seguinte, fui acordado duas vezes quando os golpes do mar arremessaram o bote para o lado; mas a embarcação endireitou-se facilmente, com quase nenhuma água em seu interior, já que a lona se revelou um teto verdadeiramente seguro. E assim a manhã chegou mais uma vez.

Sentindo-me descansado, rastejei até o contramestre e, quando percebi que por vezes o barulho da tempestade parecia escassear, perguntei em seu ouvido se o vento estava diminuindo. Como resposta, ele acenou com a cabeça, e uma alegre sensação de esperança pulsou em mim. Comi com muito apetite nossa refeição.

À tarde, o sol despontou de repente, iluminando melancolicamente o barco através da lona molhada; ainda assim, era uma luz muito bem-vinda, nos dando esperança de que a tormenta estivesse perto de acabar. Em pouco tempo, o sol desapareceu; mas assim que voltou, o contramestre gesticulou pedindo ajuda. Nós removemos os pregos temporários que usamos para prender a parte posterior da lona e empurramos a cobertura para trás, deixando espaço suficiente para que pudéssemos ver a luz do dia. Ao olhar para fora, descobri que o ar estava cheio de respingos finos como poeira, e então, antes que eu percebesse, uma pequena gota de água atingiu meu rosto com tanta força que perdi o fôlego; e assim tive que voltar para baixo da lona.

Logo que me recuperei, enfiei de novo a cabeça para fora e então vi alguns dos horrores que nos cercavam. Cada vez que um vagalhão vinha em nossa direção, o bote se lançava a seu encontro até chegar ao alto da crista, e ali, durante alguns instantes, parecíamos mergulhados em um verdadeiro oceano de espuma, que, em cada lado do barco, fervia até a altura de muitos pés. Logo que a onda passava por baixo de nós, investíamos vertiginosamente contra seu grande, negro e espumoso cavado, até outra nos alcançar com violência. De vez em quando, a crista de uma onda precipitava-se antes que tivéssemos alcançado o topo, e, embora o barco subisse como uma pena, o redemoinho de água caía sobre nós e nos obrigava a voltar subitamente para baixo da lona; nesse caso, o vento golpeava a cobertura tão logo puxávamos as mãos. E, a não ser pelo jeito com que o bote enfrentava o oceano, havia uma sensação de terror no ar; os contínuos rugidos e uivos da tempestade, a *gritaria* da espuma, quando os cumes efervescentes das montanhas de água salgada passavam por nós, e o vento que tirava o fôlego de nossas frágeis gargantas, são coisas difíceis de imaginar.

Logo depois, o sol desapareceu novamente, então voltamos para baixo da lona, pregando-a mais uma vez, e assim nos preparamos para a noite.

Daí até de manhã, não sei dizer o que aconteceu, pois passei a maior parte do tempo dormindo; além disso, havia pouco a saber, enfiado debaixo da cobertura. Nada aconteceu, a não ser as intermináveis e estrondosas descidas do bote, a pausa, a ascensão e os ocasionais mergulhos e solavancos a bombordo ou estibordo, ocasionados, creio, pelo indiscriminado poder do mar.

Gostaria de dizer que, durante todo esse tempo, pouco pensei na sorte do outro bote, de tão preocupado com o nosso, e isso não era de estranhar. No entanto, ficamos sabendo (e este é o lugar mais adequado para relatar isso) que o bote que levava Josh e o resto da tripulação atravessou a tormenta em segurança; embora apenas muitos anos depois eu tenha ouvido do próprio Josh como, após a tempestade, eles foram recolhidos por um navio que regressava a nosso país e desembarcaram no porto de Londres.

Agora vejamos o que aconteceu com o nosso bote.

O mar coberto de algas

Pouco antes do meio-dia, percebemos que o mar ficara muito menos violento; e isso apesar do vento, que ainda emitia ruídos esparsos. Em breve, tudo em volta, salvo o vento, tornou-se claramente mais calmo, e, como não havia nenhum vagalhão quebrando sobre a lona, o contramestre chamou-me novamente para ajudá-lo a erguer a parte posterior da cobertura. Fizemos isso e levantamos a cabeça para ver o motivo da inesperada quietude do mar; sem saber que havíamos chegado subitamente a sotavento de uma terra desconhecida. No entanto, durante algum tempo não pudemos ver nada além dos vagalhões circundantes, pois o oceano ainda estava furioso, embora isso não nos inquietasse mais, depois do que tínhamos passado.

Porém, em seguida o contramestre ergueu-se e, ao ver algo, curvou-se e exclamou que havia um recife baixo no meio do mar; ficou espantado em constatar que havíamos passado por ali sem naufragar. Enquanto ele ainda pensava nisso, levantei-me e olhei ao redor; então, descobri que havia outra margem a bombordo e mostrei-a ao contramestre. Imediatamente divisamos uma grande massa de algas marinhas oscilando na crista de uma onda e, depois, outra. Enquanto navegávamos à deriva, as ondas ficaram cada vez menores com espantosa rapidez, de modo que logo tiramos a cobertura até o meio do bote; pois os homens precisavam desesperadamente de ar fresco depois de tanto tempo sob a lona.

Após comermos, um deles percebeu que havia outro recife baixo à popa de onde estávamos. Com isso, o contramestre levantou-se para inspecioná-lo e ficou bastante preocupado quanto a nossa segurança. Logo, porém, chegamos tão perto que descobrimos que era composto por algas marinhas e, então, deixamos o barco passar por cima, certos de que os outros que tínhamos visto eram da mesma natureza.

Atravessamos as algas em curto espaço de tempo; e, embora nossa velocidade tenha sido afetada e navegássemos devagar, fizemos algum progresso e logo chegamos ao outro lado. Descobrimos que o oceano estava quase em calmaria, de modo que puxamos nossa âncora marítima (com grande massa de algas ao redor), removemos o convés curvo e as coberturas de lona, depois erguemos o mastro e fixamos uma pequena vela de capa sobre o barco; pois queríamos tê-la sob controle e não seria possível colocar nenhuma outra, devido à força da brisa.

Seguimos em frente ao sabor do vento, guiados pelo contramestre e evitando todos os recifes de algas à vista, enquanto o mar ficava cada vez mais calmo. Então, perto do anoitecer, descobrimos um grande trecho de algas que parecia bloquear todo o mar à frente e, com isso, prendemos a vela situada à proa, pegamos os remos e começamos a remar em direção a oeste. Mas a brisa estava tão forte que fomos levados rapidamente até elas. E então, pouco antes do pôr do sol, chegamos ao extremo da massa flutuante e voltamos a remar vigorosamente, gratos em soltar a pequena vela e navegar de novo ao sabor do vento.

E a noite desceu. O contramestre mandou que fizéssemos turnos e nos revezássemos para vigiar; pois o bote cruzava a água a alguns nós, e estávamos em mares desconhecidos. Ele não dormiu, mantendo-se no remo de direção.

Lembro-me de que, no meu turno de vigília, passamos por estranhas massas flutuantes que, sem dúvida, eram algas, e que chegamos a passar bem em cima de uma delas; mas o bote conseguiu atravessar sem problemas. E o tempo todo, no escuro a estibordo, pude ver o vago contorno da enorme extensão de algas sobre o mar, que parecia infinita. Meu turno chegou ao fim, voltei a dormir e, quando acordei, já era de manhã.

A luz matinal revelou-me que não havia fim no horizonte de algas a estibordo: ele se estendia à frente até onde a vista alcançava; enquanto em volta o mar tinha sido tomado por essas massas flutuantes. E então, de repente, um dos homens gritou que havia um navio entre as algas. Com isso, como podem imaginar, ficamos entusiasmados e subimos nos bancos para enxergá-lo melhor. Vi que ele estava bem distante da extremidade das algas marinhas, e notei que o mastro de proa tinha ido parar perto do convés e que não tinha o mastaréu; porém, estranhamente, a mezena permanecia ilesa. Não pude ver grande coisa além disso por causa da distância; embora o sol a bombordo me permitisse ter alguma visão do seu casco, devido à alga na qual estava profundamente imerso. Mas parecia que suas laterais estavam desgastadas pelo tempo e que, em algum ponto, um objeto marrom e brilhante, talvez um fungo, capturava os raios de sol, produzindo um brilho úmido.

Permanecemos de pé nos bancos, olhando e trocando opiniões, e estávamos quase ultrapassando a embarcação quando o contramestre ordenou que descêssemos. Depois disso, preparamos o desjejum e conversamos bastante sobre a embarcação desconhecida enquanto comíamos.

Mais tarde, por volta do meio-dia, pudemos ajustar nossa mezena; pois a tormenta havia passado, e assim navegamos em direção ao oeste para escapar de um grande banco de algas que havia se soltado da massa principal. Após contorná-lo, o bote disparou novamente e ajustamos a vela ao terço, pois isso nos permitiria alcançar uma boa velocidade a favor do vento. No entanto, mesmo navegando durante toda aquela tarde em paralelo com as algas a estibordo, não vimos seu fim. E por três vezes divisamos cascos de embarcações apodrecidas, algumas delas parecendo centenárias de tão antigas.

Perto do anoitecer, o vento transformou-se em uma brisa leve, de modo que passamos a avançar lentamente e assim conseguimos analisar melhor a alga marinha. E vimos que estava cheia de caranguejos; embora estes, em sua maioria, fossem tão diminutos que escapavam de um olhar casual. Nem todos, porém, eram pequenos: pouco depois, percebi algo oscilando entre as algas, a certa distância da margem, e imediatamente vi a mandíbula de um caranguejo gigantesco se mexer. Com isso, na esperança de comê-lo no almoço, mostrei-o ao contramestre, sugerindo capturá-lo. E assim, como quase não havia vento, ele ordenou que pegássemos alguns remos e voltássemos com o barco. Nós obedecemos, enquanto ele amarrava um naco de carne salgada em uma linha fina e o enfiava no gancho do bote. Em seguida, preparou uma bolina corrediça e atou o nó ao eixo do gancho, erguendo-o como se fosse uma vara de pescar e posicionando-o sobre o local onde eu tinha visto o caranguejo. Quase imediatamente o bicho levantou sua enorme garra e pegou a carne, ao que o contramestre mandou-me pegar um remo e escorregar a bolina pelo gancho do barco, para que ela caísse sobre a garra. Obedeci e imediatamente alguns homens puxaram a linha, apertando-a ao redor. O contramestre mandou trazer o caranguejo a bordo, pois o tínhamos bem preso; mas seria melhor não ter feito isso; porque a criatura, sentindo o puxão do gancho, começou a se sacudir, espalhando alga para todo lado. Então conseguimos enxergá-la plenamente e descobrimos que era tão grande que não poderia ser chamada de caranguejo: era um verdadeiro monstro. Além disso, ficou claro que não tinha medo nem intenção de escapar; pelo contrário, desejava chegar até nós. O contramestre, percebendo o perigo, cortou a linha e ordenou que colocássemos peso nos remos e, assim, vimo-nos seguros e determinados a ignorar tais criaturas.

Logo a noite caiu sobre nós. Como o vento soprasse com pouca força, reinava por toda parte um grande silêncio, ainda mais solene após o incessante rugido da tormenta que havia nos assolado. Ainda assim, de vez em quando o vento aumentava e soprava através do mar e, quando encontrava as algas, produzia um farfalhar baixo e úmido, que continuei ouvindo depois que tudo voltou à calma mais uma vez.

Então aconteceu algo estranho: eu, que havia dormido em meio ao barulho dos últimos dias, me vi insone sob tanta calmaria. Diante disso, assumi o remo de direção, propondo que os demais dormissem. O contramestre concordou, não sem antes me alertar de ter especial cuidado em manter o bote longe da alga marinha (ainda havia um pequeno trecho diante de nós) e chamá-lo se houvesse algum imprevisto. Depois disso, ele adormeceu quase imediatamente, como a maioria dos homens.

Desde o momento em que rendi o contramestre até a meia-noite, sentei-me na amurada do barco, com o remo de direção debaixo do braço, observando e escutando atentamente, impressionado com a estranheza daqueles mares. É claro que eu já tinha ouvido falar de mares cobertos de algas marinhas, águas estagnadas, sem ondas, mas não imaginei encontrar nada semelhante em minhas viagens; de fato, considerava tais relatos fruto da imaginação, sem nenhum fundamento.

Pouco antes do amanhecer, quando o mar ainda estava escuro, fiquei muito surpreso ao ouvir um prodigioso chapinhar em meio às algas, talvez a algumas centenas de jardas do bote. E, quando me levantei, totalmente alerta, sem saber o que esperar, chegou até mim, da vasta desolação de algas marinhas, um grito longo e doloroso, seguido de silêncio. No entanto, embora eu tenha ficado quieto, não houve mais nenhum som, e estava prestes a me sentar novamente quando, naquele estranho ermo, à distância, houve um súbito clarão.

Ao ver fogo em um lugar solitário como aquele, fiquei tão surpreso que nada fiz a não ser contemplá-lo. Após recuperar o bom senso, curvei-me e acordei o contramestre, pois achei que aquilo merecia sua atenção. Após encará-lo por algum tempo, ele disse que conseguia perceber a forma do casco do navio que abrigava a chama; mas imediatamente pareceu em dúvida, como eu em um primeiro momento. E então, enquanto olhávamos, a luz desapareceu, e, embora aguardando alguns minutos até que ela reaparecesse e pudéssemos observá-la melhor, não vimos mais a estranha chama.

Desse momento em diante até o amanhecer, o contramestre ficou acordado comigo conversando sobre o que tínhamos visto, mas sem chegar a nenhuma conclusão satisfatória; pois parecia impossível um lugar tão desolado abrigar qualquer criatura viva. Mas então, assim que amanheceu, uma nova surpresa surgiu: o casco de um grande navio, talvez a duas ou três braças da extremidade do oceano de algas. Como o vento ainda estava fraco, sendo pouco mais que um sopro ocasional, demoramos para chegar até lá, de maneira que o dia já estava claro o bastante para dar uma visão nítida da nau desconhecida quando nos aproximamos. E então percebi que estava totalmente voltada para nós e que seus três mastros haviam tombado quase até o convés. As laterais estavam manchadas de ferrugem em alguns lugares; em outros, recobertas por uma espuma verde. No entanto, quase não atentei a esses detalhes, pois deparei com algo que atraiu minha atenção: grandes braços semelhantes a pedaços de couro espalhados por toda a lateral do navio, alguns deles a bordo, curvados sobre a amurada e, bem em cima da alga marinha, a enorme massa marrom e reluzente do maior monstro que eu poderia imaginar. O contramestre o viu no mesmo instante e exclamou, em um sussurro rouco, que era um poderoso diabo marinho, e então, enquanto falava, dois dos braços estremeceram à luz fria do amanhecer, como se a criatura estivesse dormindo e nós a tivéssemos acordado. Com isso, o contramestre agarrou um remo, eu fiz o mesmo, e, então, com toda a rapidez possível, por medo de fazer barulho desnecessário, conduzimos o barco a uma distância mais segura. A partir daí, e até o navio tornar-se indistinto devido à distância, vimos a grande criatura agarrada ao velho casco como um molusco grudado em uma rocha.

Pouco depois, em pleno dia, alguns homens começaram a acordar e logo quebramos o jejum, o que muito me agradou, pois eu havia passado a noite vigiando. E assim, durante o dia, navegamos com um vento muito fraco a bombordo. Mas o tempo todo a grande e desolada massa de algas permaneceu ao nosso lado, a estibordo. Além do continente de algas marinhas, por assim dizer, havia um número incalculável de ilhotas e bancos de algas espalhados pelo mar, mas também havia trechos em que elas pareciam rarear, através dos quais deixamos o barco navegar, já que as plantas não tinham tanta densidade assim para impedir nosso avanço.

E então, quando o dia estava quase no fim, avistamos outro naufrágio em meio às algas. A embarcação encontrava-se a cerca de meia milha da extremidade e tinha os três mastros inferiores erguidos e as vergas inferiores posicionadas. Mas o que atraiu nossa atenção, mais do que qualquer outra coisa, foi uma enorme estrutura erguida a partir da amurada, que chegava quase na metade dos mastros principais e, pelo que pudemos perceber, sustentava-se pelas cordas que desciam das vergas; mas desconheço de que material era composta, pois estava tão coberta por uma espécie de matéria verde (como a que cobria a parte do casco mostrada sobre as algas) que desafiava suposições. Essa expansão levou-nos a suspeitar de que o navio tivesse se perdido do mundo havia muito tempo, o que despertou em mim pensamentos solenes, tal era a impressão de que havíamos chegado ao cemitério dos oceanos.

Assim que passamos pela antiga embarcação, a noite chegou e nos preparamos para dormir; e, como o bote deslizava muito devagar pela água, o contramestre decidiu que deveríamos nos revezar no remo de direção e chamá-lo se houvesse qualquer novidade. Então nos acomodamos e, devido à minha insônia anterior, eu estava extenuado, de modo que não vi nada até o marinheiro que eu deveria render me sacudir. Assim que despertei totalmente, percebi que uma lua baixa pairava sobre o horizonte, derramando uma luz fantasmagórica no grande mundo de algas a estibordo. De resto, a noite estava extremamente silenciosa, por isso nenhum som chegou até mim de todo o oceano, salvo o da ondulação da água enquanto o bote avançava lentamente. Acomodei-me para passar o tempo até voltar a dormir, mas antes perguntei ao homem que eu substituíra quanto tempo havia se passado desde o nascer da lua, ao que ele respondeu que não mais do que meia hora. Então perguntei se tinha visto algo estranho em meio à alga durante seu turno; ele disse que não, exceto pela hora em que pensou ter visto uma luz no meio daquele ermo, mas aquilo devia ter sido apenas um capricho de sua imaginação; embora, além disso, ele tivesse ouvido um estranho choro pouco depois da meia-noite e, por duas vezes, um ruidoso chapinhar entre as algas marinhas. Em seguida, ele adormeceu, impaciente com o meu interrogatório.

Por acaso, meu turno começou pouco antes do amanhecer, e por isso senti gratidão, pois me encontrava naquele estado de espírito em que a escuridão provoca estranhas e nocivas fantasias. No entanto, embora estivesse tão perto de raiar o dia, não consegui escapar livremente da influência sinistra daquele lugar; pois, enquanto estava sentado, fitando de um lado a outro a imensidão cinza, percebi uma movimentação incomum nas algas e tive a impressão de ver, como em um sonho, rostos pálidos e embaçados que me espiavam aqui e ali. Embora meu bom senso me assegurasse de que a luz incerta e meus olhos sonolentos estavam me pregando peças, aquilo me deixou com os nervos à flor da pele.

Um pouco mais tarde, chegou aos meus ouvidos o barulho de um forte chapinhar em meio às algas; mas, embora eu tenha procurado com atenção, não consegui encontrar em lugar algum a provável causa. E então, de repente, entre mim e a lua, irrompeu daquela imensa desolação uma enorme figura, lançando grandes massas de algas em todas as direções. Parecia estar a não mais de cem braças e, contra a lua, vi o seu contorno mais claramente: um poderoso diabo marinho. Então, mais uma vez ele voltou a cair, provocando prodigiosos borrifos. Em seguida, reinou novamente o silêncio, deixando-me apavorado e absolutamente perplexo ao ver uma criatura monstruosa como aquela saltar com tanta agilidade. E então (em meu terror, deixei o bote chegar perto da borda das algas marinhas) houve uma sutil agitação no lado oposto à nossa proa a estibordo e algo deslizou para dentro da água. Apoiei-me no remo a fim de virar a proa do barco e, com o mesmo movimento, inclinei-me para a frente e para os lados, com o rosto colado à amurada. No mesmo instante, eu me vi fitando uma face branca e demoníaca, de feições humanas, exceto pela boca e nariz, que lembravam um bico. A coisa estava agarrada à lateral do barco com duas mãos trêmulas e segurava a superfície externa, lisa e nua, de uma forma que me fez lembrar imediatamente do grande diabo marinho que, na madrugada anterior, vimos agarrado ao navio destroçado. Vi o rosto erguer-se na minha direção e uma mão deformada tremular quase até minha garganta, e senti um súbito e odioso fedor invadir minhas narinas: um cheiro repulsivo e abominável. Então me recompus e recuei com rapidez, soltando um selvagem grito de medo. Empunhei o remo de direção, segurando-o pelo meio, e comecei a golpear a lateral do bote com o cabo; mas a coisa desapareceu da minha vista. Lembro-me de gritar pelo contramestre e pelos homens para acordá-los, e do primeiro segurar-me pelos ombros, gritando e perguntando o que diabos havia acontecido. Exclamei que não sabia e, em seguida, um pouco mais calmo, contei o que tinha visto; mas, conforme o fazia, percebi quanto parecia inverossímil o meu relato, de modo que todos ficaram sem saber se eu havia adormecido e sonhado ou se realmente vira um demônio.

Pouco depois amanheceu.

A ilha entre as algas

    Enquanto discutíamos a questão da face demoníaca que saíra da água para me fitar, Job, o grumete, avistou a ilha aos primeiros raios de luz do amanhecer e, em seguida, pôs-se de pé soltando um grito tão alto que, por um instante, pensamos que ele tinha visto um segundo demônio. Mas, quando percebemos o que era, não o censuramos; uma vez que a visão de terra, após tanta desolação, aqueceu nossos corações.

    A princípio, a ilha nos pareceu pequena; pois não sabíamos então que era vista de sua extremidade; no entanto, apesar disso, pegamos nossos remos e navegamos com toda a pressa em direção a ela, e assim, chegando mais perto, vimos que era maior do que o imaginado. Em seguida, após deixar para trás a ponta da ilha e navegar pelo lado mais afastado da grande massa continental de algas, chegamos a uma baía curvada sobre uma praia arenosa, de aspecto bastante sedutor a nossos olhos cansados. Ali nos detivemos um minuto para examinar o terreno, e constatei que a ilha tinha um formato estranho, com uma grande e negra protuberância rochosa nas duas extremidades, por sua vez separadas por um vale íngreme. Neste abundava uma estranha vegetação parecida com imensos cogumelos; e próximo à praia havia um espesso arvoredo composto por uma espécie de junco muito alto, que depois descobrimos serem extremamente resistentes e leves, com qualidades semelhantes às do bambu.

Com relação à praia, seria razoável supor que estava completamente tomada pelas algas marinhas; mas não era o caso, pelo menos, não naquela ocasião; embora um chifre saliente da rocha negra, que seguia para o mar da extremidade superior da ilha, estivesse repleto delas.

Quando o contramestre se convenceu de que não havia perigo aparente, baixamos os remos e logo o bote encalhou na praia. Ali, achando o local conveniente, preparamos o desjejum. Durante a refeição, o contramestre discutiu conosco a conduta mais adequada a seguir, e decidimos afastar o barco da costa, com Job lá dentro, enquanto os demais explorassem a ilha.

Assim que acabamos de comer, cumprimos o combinado, deixando Job no bote, pronto para remar até a costa para nos buscar se fôssemos perseguidos por alguma criatura selvagem. Seguimos em direção à corcova mais próxima, a partir da qual, visto que estava a cerca de cem pés acima do mar, esperávamos ter um bom panorama do resto da ilha. Primeiro, contudo, o contramestre mostrou os dois cutelos e a espada reta (os outros dois cutelos estavam no bote de Josh) e, pegando um para ele, entregou-me a espada reta e deu o outro cutelo ao marinheiro mais corpulento. Então pediu aos outros que mantivessem suas facas à mão e começou a liderar o caminho, quando um marinheiro pediu que esperássemos um momento, e, dito isso, correu rapidamente até o canteiro de juncos. Ali segurou um deles com as duas mãos e tentou quebrá-lo; mas não conseguiu, de maneira que teve de cortá-lo com a faca. Em seguida, cortou a parte superior, muito fina e flexível, para o propósito que tinha em mente, então forçou o cabo da faca na ponta do junco que havia cortado e, dessa forma, havia providenciado uma estaca ou lança bastante aproveitável. Pois os juncos eram muito fortes e ocos, como os bambus, e, ao amarrar um pedaço de linha na ponta em que havia enfiado a faca para evitar que se partisse, ele obteve uma arma adequada a qualquer homem.

Ao perceber a feliz ideia do sujeito, o contramestre mandou que os demais fizessem armas semelhantes para si e, enquanto eles assim se ocupavam, elogiou o homem calorosamente. Pouco depois, com excelente humor e mais bem armados, penetramos no interior da terra, em direção à colina negra mais próxima. Logo chegamos à rocha que formava o monte e descobrimos que ele despontava da areia de forma abrupta, o que nos impedia de escalá-lo pelo lado do mar. Com isso, o contramestre guiou-nos até a parte que dava para o vale, e ali não pisamos nem em areia, nem em rocha, mas em um solo de textura estranha e esponjosa. De repente, contornando um esporão protuberante da rocha, encontramos a primeira vegetação: um incrível cogumelo, ou melhor, fungo; pois não tinha aspecto saudável e exalava um forte odor de mofo. Constatamos que o vale estava cheio deles; na verdade, eles estavam por toda parte, exceto por um grande trecho circular onde nada parecia crescer; apesar de não estarmos a uma altura suficiente para saber por quê.

Logo chegamos a um lugar onde a rocha tinha sido dividida por uma grande fissura que subia até o topo e exibia muitas saliências e suportes convenientes, nos quais podíamos nos segurar e apoiar. E então começamos a escalar, ajudando uns aos outros da melhor forma possível, até que, cerca de dez minutos depois, chegamos ao cume, de onde se tinha uma esplêndida vista. Percebemos então que havia uma praia no lado da ilha oposto às algas; embora, ao contrário daquele em que desembarcamos, estivesse completamente tomado pelas algas marinhas que vinham dar à costa. Depois disso, tentei descobrir quanto media o trecho de água entre a ilha e a extremidade do grande continente de algas e calculei que não devia passar de umas noventa jardas; queria que fosse maior, tal o medo que eu sentia das algas e das coisas estranhas que, imaginava, elas abrigavam.

O contramestre bateu no meu ombro e apontou para um objeto que jazia na alga, a pouco menos de meia milha de onde estávamos. A princípio, não consegui distinguir o que era aquilo, até que, notando minha perplexidade, ele me informou que se tratava de um barco completamente coberto, sem dúvida como proteção contra o diabo marinho e outras criaturas estranhas que povoavam a alga marinha. Comecei a divisar o casco da embarcação em meio àquela massa hedionda, mas não consegui encontrar os mastros; não duvidei que tivessem sido levados por alguma tempestade antes de o barco ser apanhado pelas algas. Não pude evitar pensar no fim daqueles que haviam erigido aquela proteção contra os horrores que aquele mundo escondia entre seu limo.

Voltei a observar mais uma vez a ilha, bastante visível de onde estávamos. Como consegui ver boa parte dela, calculei que o comprimento fosse de cerca de meia milha, embora a largura tivesse pouco menos de quatrocentas jardas; portanto, era uma ilha muito comprida em proporção à largura. Na parte do meio, mais estreita do que nas extremidades, media cerca de trezentas jardas e na zona mais ampla, umas cem jardas a mais.

Em ambos os lados, como já disse, havia uma praia. Esta não se estendia a grande distância ao longo da costa, sendo o restante composto pela rocha negra que formava as colinas. No entanto, fitando mais atentamente a praia no lado da ilha tomado pelas algas, descobri, em meio aos destroços trazidos pelo mar, uma parte do mastro inferior e do mastaréu de um grande navio, ainda com o cordame, mas sem as vergas. Chamei o contramestre e mostrei minha descoberta, observando que poderíamos usá-los para fazer uma fogueira; mas ele sorriu, dizendo que as algas secas já renderiam um bom fogo, sem ter o trabalho de cortar o mastro em toras de tamanho adequado.

E então, por sua vez, ele chamou minha atenção para o local onde os enormes fungos haviam parado de crescer, e vi que no centro do vale havia uma grande abertura circular na terra (como se fosse a boca de um imenso poço) que, até poucos pés da entrada, parecia repleta de água e coberta por uma horrenda espuma marrom. Como era de esperar, observei o poço com atenção; parecia ser artificial, de tão simétrico, mas ainda assim só pude pensar que se tratava de uma ilusão provocada pela distância e que ele teria aspecto mais irregular quando visto de perto.

    Em seguida, olhei para baixo, para a pequena baía na qual nosso barco flutuava. Job, sentado na popa, remava suavemente com o remo de direção, observando-nos. Acenei amigavelmente, e ele acenou de volta; então, enquanto eu olhava, percebi, sob o bote, algo escuro que se movia. O bote parecia flutuar sobre essa coisa, uma massa de algas submersas, e notei que, o que quer que fosse, estava subindo à superfície. Tomado por súbito horror, agarrei o contramestre pelo braço e apontei, gritando que havia algo ali, embaixo do bote. Tão logo ele viu a coisa, correu para o topo da elevação e, colocando as mãos em concha na boca, gritou ao rapaz que trouxesse o bote para a costa e amarrasse o cabo de atracação a uma grande rocha. À ordem do contramestre, o rapaz gritou "Sim, senhor" e, levantando-se, remou rapidamente até virar a proa do bote e fazê-la navegar em direção à praia. Por sorte, ele estava a cerca de trinta jardas da costa, caso contrário, jamais teria chegado lá com vida; pois, no momento seguinte, a massa marrom ergueu um grande tentáculo e arrancou o remo das mãos de Job com tal força que o rapaz foi arremessado diretamente na amurada a estibordo do barco. O remo foi deslocado para baixo, desapareceu de vista e, por um instante, o barco foi deixado em paz. O contramestre gritou para o rapaz pegar outro remo e descer do bote enquanto ainda tinha chance, e, com isso, nós também gritamos, ora aconselhando uma coisa, ora outra; no entanto, nossos conselhos foram em vão, pois o rapaz não se mexia e alguém disse que ele parecia atordoado. Olhei para o local onde a coisa marrom estivera, pois o bote havia se movido algumas braças, conseguindo se afastar um pouco dela antes que o remo fosse arrebatado, e assim descobri que o monstro havia desaparecido, imaginei, mergulhando novamente nas profundezas de onde viera; de todo modo, poderia voltar a qualquer momento, e o rapaz seria capturado diante de nossos olhos.

Foi então que o contramestre chamou-nos para segui-lo e liderou o caminho até a grande fissura pela qual havíamos subido. Em um minuto, pusemo-nos a descer, apressados, para o vale. Enquanto isso, eu passava de uma saliência a outra e me indagava, atormentado, se o monstro havia retornado.

O contramestre foi o primeiro a chegar aos pés da fissura, dirigindo-se imediatamente à base da rocha que levava à praia; nós o seguimos assim que pisou no vale. Fui o terceiro homem a descer; mas, sendo leve e veloz, passei o segundo homem e alcancei o contramestre assim que ele chegou à praia. Descobri ali que o bote estava a cerca de cinco braças, e pude ver Job ainda deitado, inconsciente; mas do monstro não havia sinal.

Eis a situação: enquanto observávamos da praia, sem poder fazer nada, o bote estava a quase doze jardas da costa, com Job dentro; e em algum lugar sob sua quilha (pelo que sabíamos) havia um grande monstro.

Eu não conseguia pensar em uma forma de salvar o rapaz e, de fato, temo que ele teria sido abandonado à própria sorte (pois seria loucura tentar chegar ao barco a nado), não fosse a extraordinária bravura do contramestre que, sem hesitar, correu para a água, nadou corajosamente até o bote que, pela graça de Deus, ele alcançou sem contratempos, e trepou pela proa. De imediato, pegou o cabo de atracação e jogou-o para nós, mandando que o amarrássemos e trouxéssemos, sem tardar, o barco para a costa. Ele foi sensato nessa estratégia de alcançar a praia; assim, evitou atrair a atenção do monstro agitando a água, caso utilizasse um remo.

No entanto, apesar do cuidado do contramestre, a criatura ainda não havia terminado o que começou. No exato momento em que o bote chegou a terra, vi metade do remo de direção perdido pular para fora do mar. De imediato, houve na popa um grande chafurdar na água e, no instante seguinte, o ar pareceu tomado por enormes braços rodopiantes. O contramestre deu uma olhada para trás e, vendo a coisa sobre ele, pegou o rapaz em seus braços e saltou para a areia por cima da proa. À visão do diabo marinho, corremos para a parte de trás da praia, sem pensar sequer em levar o cabo de atracação. Foi como se houvéssemos perdido o bote; pois o grande molusco estava com os braços abertos, parecendo querer arrastá-lo para as águas profundas de onde havia surgido, e teria conseguido se o contramestre não nos chamasse à razão; após salvar Job, ele foi o primeiro a agarrar o cabo de atracação que estava na areia e, com isso, recuperamos a coragem e corremos para ajudá-lo.

Felizmente, havia por ali um grande espigão de rocha, o mesmo, de fato, ao qual o contramestre ordenara a Job que amarrasse o bote, e a ele prendemos o cabo de atracação, dando algumas voltas em torno da rocha e dois nós simples no cabo. Então, a menos que a corda cedesse, não havia motivo para temer a perda do barco; embora para nós ainda houvesse o perigo de a criatura esmagá-lo. Pensando nisso, e tomado por uma raiva natural contra a coisa, o contramestre pegou da areia uma das lanças que tínhamos largado quando arrastamos o bote para terra. Com a arma em mãos, chegou a uma distância segura da criatura e furou um de seus tentáculos. A lança entrou facilmente, o que me deixou surpreso, pois tinha imaginado que esses monstros eram quase invulneráveis em todas as partes, exceto nos olhos. Ao receber o golpe, o grande molusco não pareceu machucado, pois não deu sinais de dor, e, com isso, o contramestre criou coragem de chegar mais perto para tentar infligir-lhe uma ferida mortal. Porém, mal havia dado dois passos quando a horrenda criatura voltou-se contra ele, e, não fosse sua formidável agilidade mesmo para um homem tão corpulento, teria sido liquidado. Ainda assim, apesar de ter escapado por pouco da morte, não estava menos determinado a ferir ou destruir a criatura. Com esse objetivo, enviou alguns homens para o bosque de juncos e mandou que apanhassem meia dúzia de varas bem resistentes. Quando voltaram, ordenou que dois marinheiros amarrassem suas lanças firmemente às varas, e assim tínhamos lanças com cerca de trinta a quarenta pés de comprimento. Com elas, seria possível atacar o diabo marinho sem chegar ao alcance de seus tentáculos. Isso feito, o contramestre pegou uma, ordenando que o homem mais alto pegasse a outra. Em seguida, instruiu-o a mirar no olho direito do enorme molusco, enquanto ele atacaria o esquerdo.

Desde que esteve a ponto de capturar o contramestre, a criatura cessara de puxar o bote e ficara em silêncio, com tentáculos espalhados por toda a parte da embarcação e grandes olhos aparecendo logo acima da popa, como se observasse nossos movimentos; embora eu duvide que nos enxergasse com clareza, pois o brilho do sol devia ofuscar sua visão.

O contramestre deu o sinal de ataque, ao que ele e o homem correram até a criatura com as lanças posicionadas. A lança do contramestre acertou em cheio o olho esquerdo do monstro; mas a empunhada pelo outro homem era flexível demais e curvou-se tanto que acabou atingindo o cadaste de popa do barco e perdendo a ponta. No entanto, isso não teve importância; pois a ferida infligida pela arma do contramestre foi tão terrível que o molusco gigante largou o bote e mergulhou nas águas profundas, jorrando sangue e produzindo espuma.

Esperamos durante alguns minutos para ter certeza de que o monstro tinha realmente ido embora; depois disso, corremos para o bote e o puxamos até onde estávamos. Em seguida, removemos a carga mais pesada e assim conseguimos tirá-lo por completo da água.

E, durante uma hora, todo o mar em volta da pequena praia tingiu-se de preto; em alguns pontos, de vermelho.

Os ruídos do vale

    Assim que colocamos o barco em segurança, com uma pressa febril, o contramestre voltou sua atenção a Job; pois o rapaz ainda não tinha se recuperado do golpe que o cabo do remo produziu sob seu queixo quando o monstro o agarrou. Por algum tempo, as tentativas de reanimá-lo não surtiram efeito; mas então, após banhar seu rosto com água do mar e esfregar rum em seu peito, sobre o coração, o jovem começou a dar sinais de vida e logo abriu os olhos. O contramestre deu-lhe um bom trago de rum e em seguida perguntou como se sentia. Com voz fraca, Job respondeu que estava tonto, e a cabeça e o pescoço doíam muito. Ao ouvir isso, o contramestre ordenou que ficasse deitado até se sentir melhor. E assim o deixamos sossegado, sob uma pequena sombra de lona e juncos. Como o sol estava quente e a areia, seca, ele provavelmente não correria perigo ali.

    À pouca distância, segundo as instruções do contramestre, nos preparamos para almoçar, pois estávamos com muita fome; a impressão era que o desjejum tinha sido havia muito tempo. Por isso, o contramestre enviou dois marinheiros ao outro lado da ilha para apanhar algas marinhas secas; pois a ideia era cozinhar um pouco da carne salgada e fazer a primeira refeição quente desde a carne que tínhamos cozinhado antes de abandonar o navio no riacho.

Nesse meio-tempo, até o retorno dos homens com o combustível, o contramestre nos manteve ocupados de várias maneiras. Mandou dois marinheiros cortar um feixe de junco e outra dupla trazer a carne e o caldeirão de ferro tirado do velho brigue.

Logo os homens voltaram com a alga seca, que nos pareceu curiosa, já que parte dela era quase tão grossa quanto o corpo de um homem, mas quebradiça devido à sua secura. E assim, em pouco tempo, conseguimos acender um excelente fogo, alimentado por algas e pedaços de junco, este não muito bom como combustível, pois tinha muita seiva e era difícil de partir em tamanhos adequados.

Quando o fogo ficou vermelho e quente, o contramestre encheu o caldeirão até a metade com água do mar, na qual colocou a carne; e, como a panela tinha uma tampa robusta, não hesitou em colocá-la bem no meio do fogo, de modo que o conteúdo ferveu rapidamente.

Com o almoço encaminhado, o contramestre começou a preparar o acampamento para a noite, o que fizemos construindo uma estrutura tosca com os juncos, sobre os quais estendemos as velas do barco. Para a cobertura, prendemos a lona com lascas duras também extraídas dos juncos. Feito isso, transportamos todas as nossas provisões para lá e, em seguida, o contramestre levou-nos até o outro lado da ilha para colher combustível para a noite, e cada homem voltou carregado com uma dupla braçada de algas.

Assim que chegamos, encontramos a carne cozida; então, sem mais, atacamos a comida e fizemos uma excelente refeição com ela e os biscoitos, seguida de um generoso trago de rum. Depois de comer e beber, o contramestre foi até Job para perguntar como ele se sentia e encontrou-o dormindo sossegado, embora respirando um tanto pesadamente. Como não havia mais nada que pudéssemos fazer por ele, assim o deixamos, esperançosos de que a natureza, mais habilidosa, o ajudasse a recuperar a saúde.

A essa altura, a tarde já estava no fim, e o contramestre disse que poderíamos fazer o que quiséssemos até o pôr do sol, já que tínhamos todo o direito de descansar. Mas do pôr do sol ao amanhecer deveríamos nos revezar para vigiar; pois, embora não estivéssemos mais na água, ninguém saberia dizer se havia perigo ou não, como o acontecimento da manhã atestara; apesar de que, certamente, não haveria risco com o diabo marinho, desde que ficássemos bem longe da água.

E assim, daí até o anoitecer, a maioria dos homens dormiu. O contramestre, porém, levou boa parte do tempo vistoriando o bote para ver se ele havia sofrido algum dano durante a tormenta e no embate com o diabo marinho. E, de fato, ficou evidente que o bote necessitava de alguma atenção; pois a penúltima tábua do fundo, próxima à quilha a estibordo, estava partida por dentro, ao que parecia, por obra de alguma rocha na praia, oculta sob a água. Sem dúvida, o diabo marinho havia lançado o bote contra ela. Felizmente, o dano não era grande, embora necessitasse de um minucioso reparo antes de zarpar de novo. De resto, aparentemente não havia mais nada a ser feito.

Como estava sem sono, acompanhei o contramestre até o bote para ajudá-lo a remover as tábuas do fundo e, finalmente, virá-lo para cima, a fim de examinar o vazamento mais de perto. Quando terminamos com o bote, o contramestre foi inspecionar as provisões, examinando-as para ver o estado em que se encontravam e quanto tempo durariam. Em seguida, passou aos reservatórios de água; e então observou que seria bom se conseguíssemos encontrar água doce na ilha.

Como àquela altura já estava quase anoitecendo, o contramestre foi dar uma olhada em Job, encontrando-o exatamente como estava quando o visitamos depois do almoço. O contramestre pediu que eu trouxesse uma das pranchas mais largas do bote, e nós a usamos como maca para carregar o rapaz até a tenda. Depois levamos toda a madeira solta do barco para dentro da tenda e esvaziamos o conteúdo dos armários, que incluía alguns chumaços de estopa, uma machadinha de barco pequena, uma bobina de linha de cânhamo de uma polegada e meia, uma boa serra, uma lata de óleo de canola vazia, um saco de pregos de cobre, alguns parafusos e arruelas, duas linhas de pesca, três cavilhas sobressalentes, uma forquilha de três pontas sem haste, duas bolas de lã fiada, três meadas de barbante, um pedaço de lona com quatro agulhas cravadas nela, a lamparina do bote, uma tarraxa sobressalente e um rolo de lona leve para as velas do barco.

Quando a escuridão desceu sobre a ilha, o contramestre acordou os marinheiros e ordenou que jogassem mais lenha na fogueira, que tinha se extinguido até se tornar um monte de brasas brilhantes envoltas em cinzas. Depois disso, alguém encheu parcialmente o caldeirão com água doce e logo estávamos saboreando uma ceia de carne cozida fria, biscoitos duros e rum misturado com água quente. Durante a ceia, o contramestre instruiu os homens sobre as vigílias e organizou a ordem dos turnos, e logo descobri que teria de cumprir o da meia-noite à uma. Então explicou sobre a prancha estourada no fundo do barco e como teria de ser consertada antes de pensarmos em deixar a ilha; também afirmou que, dali em diante, teríamos de ser mais cuidadosos com os víveres; pois parecia não haver nada na ilha (pelo que já tínhamos descoberto) que servisse para forrar o estômago. Além disso, se não fosse possível encontrar água doce, teríamos que condensar um pouco para compensar a que bebemos, o que deveria ser feito antes de deixar a ilha.

Já tínhamos jantado quando o contramestre terminou de dar as ordens e, logo depois, cada qual encontrou um lugar confortável na areia, dentro da barraca, e deitou-se para dormir. Durante algum tempo, fiquei completamente desperto, talvez por causa do calor da noite, por fim me levantei e saí da tenda, pensando que talvez fosse melhor dormir lá fora. E foi mesmo; pois logo que me deitei ao lado da tenda, a certa distância da fogueira, caí em um sono profundo, a princípio sem sonhos. Pouco depois, porém, tive um sonho muito estranho e perturbador: eu tinha sido abandonado na ilha e estava desolado, sentado na beira do poço com espuma marrom. Então subitamente percebi que estava muito escuro e quieto, e comecei a tremer, pois tive a impressão de que algo bastante repulsivo havia surgido silenciosamente por trás de mim. Desesperado, tentei me virar e olhar para as sombras dos grandes fungos à minha volta, mas não tive forças. A coisa chegava cada vez mais perto, embora não emitisse nenhum som, e eu soltei um grito, ou tentei, mas minha voz não perturbou o silêncio ao redor; e então algo úmido e frio tocou meu rosto, deslizou e cobriu minha boca, detendo-se ali por um torpe e arquejante instante. Continuou avançando até chegar à minha garganta: e ali permaneceu...

Alguém tropeçou, apalpou meus pés e, com isso, acordei subitamente. Era o marinheiro da vigília, dando a volta na tenda, sem saber que eu estava ali até tropeçar nas minhas botas. Ele ficou, claro, um pouco abalado e assustado; mas acalmou-se ao constatar que não havia uma criatura selvagem agachada ali na sombra. Contudo, o tempo todo, enquanto respondia suas perguntas, tive uma estranha e horrenda sensação de que algo se afastara de mim no momento em que acordei. Havia um sutil e repugnante odor em minhas narinas, não totalmente desconhecido e, então, de repente, percebi que meu rosto estava úmido e minha garganta formigava de um jeito curioso. Apalpei o rosto e senti que estava escorregadio de limo e, com isso, ergui a outra mão e toquei minha garganta. Ela estava do mesmo jeito, mas com uma diferença: além do limo, havia um ponto ligeiramente inchado na altura da traqueia, uma região que costuma atrair picadas de mosquitos; mas não pensei em culpar nenhum deles.

O tropeço do homem, o despertar e a descoberta de que meu rosto e meu pescoço estavam pegajosos ocorreram em poucos instantes. De repente eu estava de pé, seguindo o homem em volta da fogueira, pois senti um súbito calafrio e não desejava ficar sozinho de jeito nenhum. Quando me aproximei do fogo, peguei um pouco da água que sobrara no caldeirão e lavei o rosto e o pescoço, então comecei a me sentir melhor. Depois, pedi ao marinheiro que examinasse minha garganta, para saber que aspecto tinha o inchaço. Usando um pedaço de alga marinha seca como tocha, ele se aproximou de mim, mas pôde ver muito pouco, com exceção de uma série de pequenas marcas em forma de anel, vermelhas por dentro e brancas nas bordas, uma das quais sangrava ligeiramente. Depois disso, perguntei se ele vira alguma coisa se movendo em volta da tenda; mas ele garantiu que não tinha visto nada durante a vigília; embora tivesse escutado ruídos estranhos à distância. Não pareceu muito impressionado com as marcas no meu pescoço e sugeriu que talvez fossem obra de algum borrachudo; mas balancei a cabeça e contei meu sonho; depois disso, ele também achou melhor ficarmos juntos. E assim a noite passou, até chegar a minha vez de montar guarda.

Por algum tempo, o homem que eu havia rendido ficou sentado ao meu lado; creio que com a amável intenção de me fazer companhia; mas tão logo percebi esse gesto, implorei que fosse dormir, garantindo que eu não sentia mais medo (como senti ao despertar e descobrir o estado do meu rosto e da minha garganta). Com isso, ele concordou em separar-se de mim e, assim, pouco tempo depois, eu estava sentado sozinho, ao lado do fogo.

A princípio, permaneci imóvel, escutando; mas da escuridão circundante não chegou nenhum som, e então me ocorreu novamente a ideia de que estávamos em um lugar abominável, solitário e desolado. E fiquei apreensivo.

Enquanto eu estava sentado, o fogo, que não era alimentado havia algum tempo, diminuiu até se tornar apenas um brilho opaco. E então, na direção do vale, de repente ouvi o som de um baque surdo, um barulho que veio até mim com uma clareza impressionante através do silêncio. Com isso, percebi que não estava cumprindo meu dever para comigo, nem para com os outros ao sentar e permitir que o fogo se extinguisse; censurando-me, imediatamente joguei um punhado de algas secas no fogo, de modo que uma grande labareda ergueu-se sobre a noite. Olhei rapidamente para a direita e a esquerda, segurando minha espada reta e muito grato ao Todo--Poderoso por não ter prejudicado ninguém com o meu descuido, causado por aquela estranha inércia gerada pelo medo. E, enquanto olhava ao redor, escutei através do silêncio da praia um ruído novo, um contínuo e sutil deslizar de um lado para outro no fundo do vale, como se uma turba de criaturas se movesse furtivamente. Com isso, joguei ainda mais algas no fogo e fixei meu olhar naquela direção. No instante seguinte tive a impressão de ver alguma coisa, uma sombra, talvez, movendo-se fora do círculo de luz da fogueira. O homem que montou guarda antes de mim havia deixado sua lança cravada na areia, ao alcance de minhas mãos e, ao ver algo se movendo, peguei a arma e atirei-a com todas as minhas forças naquela direção; mas não consegui atingir nenhuma criatura viva. Em seguida, um profundo silêncio voltou a pairar sobre a ilha, quebrado apenas pelo chapinhar distante sobre as algas marinhas.

É provável que os acontecimentos descritos tenham deixado meus nervos à flor da pele, pois eu sempre olhava de um lado a outro e, de vez em quando, lançava um rápido olhar para trás, esperando que a qualquer momento uma criatura demoníaca saltasse sobre mim. Ainda assim, durante vários minutos, não vi ninguém, nem ouvi nenhum som que denunciasse alguma presença; de maneira que não sabia o que pensar e quase duvidei de ter escutado algo incomum.

Porém, no limiar da dúvida, tive certeza de que não havia me enganado; pois, abruptamente, constatei que o vale inteiro tinha sido tomado por uma espécie de ruído farfalhante e galopante, através do qual eu conseguia escutar ocasionalmente alguns baques sutis e, em seguida, o já conhecido deslizar. E com isso, pensando que uma horda de seres malignos cairia sobre nós, gritei para acordar o contramestre e os outros homens.

Quando gritei, o contramestre saiu imediatamente da tenda, com os marinheiros em seu encalço, cada qual com sua arma, exceto o homem que havia deixado a lança na areia e que agora estava em algum lugar além da luz da fogueira. Não respondi ao contramestre que me perguntava por que eu havia gritado; apenas ergui a mão pedindo silêncio: os ruídos no vale haviam cessado. Então o contramestre virou-se para mim, pedindo uma explicação e, mais uma vez, implorei que escutasse. Os ruídos recomeçaram quase instantaneamente, e ele ouviu o suficiente para saber que eu não os tinha despertado em vão. Enquanto fitávamos o breu onde ficava o vale, tive a impressão de ver novamente alguma coisa sombria no limite da fogueira. No mesmo instante, um dos homens gritou e arremessou sua lança na escuridão. Mas o contramestre virou-se para ele, furioso; pois, ao atirar sua arma, o homem havia ficado desprotegido e colocado em risco os demais; ainda que, como vocês devem se lembrar, havia pouco eu tivesse feito o mesmo.

Em breve o silêncio reinou de novo sobre o vale. Entretanto, como ninguém sabia o que poderia estar adiante, o contramestre acendeu um punhado de algas secas na fogueira e correu até a parte da praia entre nós e o vale. Então ele jogou a tocha de algas na areia e mandou que os homens trouxessem mais combustível para que pudéssemos fazer uma fogueira e, assim, conseguir ver se algo vinha até nós das profundezas do vale.

Logo havia um excelente fogaréu ardendo no local e, à luz dele, encontramos as duas lanças fincadas na areia, a não mais do que uma jarda uma da outra, o que me pareceu muito estranho.

Por um tempo, depois que acendemos a segunda fogueira, não veio mais nenhum som do vale; nada que rompesse o silêncio da ilha, salvo um chapinhar solitário que soava de vez em quando à distância, na vastidão do continente de algas. Então, cerca de uma hora após eu ter acordado o contramestre, um dos homens que cuidava das labaredas foi até ele dizer que o nosso suprimento de algas secas chegara ao fim. Isso deixou o contramestre um tanto desnorteado, assim como todos nós; no entanto, não havia nada a fazer, até que um dos homens lembrou dos feixes de juncos que tínhamos cortado mas descartado por não serem tão bons como combustível quanto eram as algas marinhas. Nós os encontramos na parte de trás da tenda e com eles alimentamos a fogueira que ardia entre nós e o vale; a outra deixamos que se extinguisse, pois os juncos não eram suficientes para manter ambas até o amanhecer.

Por fim, nosso combustível acabou enquanto ainda estava escuro e, assim que o fogo se extinguiu, os ruídos no vale recomeçaram. E lá ficamos, fitando atentamente a crescente escuridão, cada qual com sua arma, prontos para atacar. De vez em quando, a ilha ficava silenciosa e de novo ouvíamos o som de coisas rastejando pelo vale. No entanto, creio que os intervalos de silêncio foram mais angustiantes.

E finalmente amanheceu.

O que aconteceu ao crepúsculo

Com a alvorada, um interminável silêncio caiu sobre o vale e a ilha e, ao perceber que não tínhamos mais nada a temer, o contramestre ordenou que descansássemos um pouco enquanto ele vigiava. E então consegui finalmente ter um curto e substancial período de sono, que me deixou refeito para cumprir as tarefas do dia.

Após algumas horas, o contramestre nos acordou e mandou que o acompanhássemos até o outro lado da ilha para coletar combustível. Logo voltamos carregados de algas, de modo que, em pouco tempo, tínhamos uma fogueira vibrante ardendo.

No desjejum, comemos uma mistura de biscoitos quebrados, carne salgada e alguns mariscos que o contramestre havia apanhado na praia, ao pé do outro monte, generosamente temperados com vinagre, que o contramestre dizia ser eficaz para prevenir escorbuto. E no fim da refeição, ele nos serviu um pouco de melaço, que misturamos com água quente e bebemos.

Assim que a refeição terminou, ele entrou na tenda para dar uma olhada em Job, o que já tinha feito no início da manhã, pois o estado do rapaz o preocupava. Apesar de ser um homem corpulento e rude, ele tinha um coração surpreendentemente terno. O estado do garoto, porém, era praticamente o mesmo da noite passada, de modo que não sabíamos o que fazer para que melhorasse. Uma coisa que tentamos, sabendo que não se alimentara desde a manhã anterior, foi dar-lhe um pouco de água quente, rum e melaço, pois temíamos que morresse de inanição; mas, apesar de batalhar por mais de meia hora, não conseguimos fazer Job engolir o suficiente para reanimá-lo, com medo de sufocá-lo. Assim, pouco depois, fomos obrigados a deixá-lo na tenda para tratar de outros assuntos, pois havia muito que fazer.

Antes de qualquer coisa, o contramestre levou-nos até o vale, determinado a fazer uma exploração completa, temendo que houvesse ali uma besta ou um diabo marinho à espreita para nos atacar e matar enquanto trabalhávamos. Além disso, ele queria descobrir que espécie de criaturas haviam perturbado a nossa noite.

Nas primeiras horas da manhã, quando fomos buscar combustível, ficamos na margem superior do vale, onde a rocha do monte mais próximo descia até o solo esponjoso, em seguida caminhamos até a parte central, abrindo passagem entre os enormes fungos, até chegar à abertura em forma de poço que preenchia o fundo do vale. Embora o solo fosse muito macio, era tão viscoso que não deixamos nenhum vestígio de passos quando avançamos um pouco, isto é, salvo em certos trechos, quando uma mancha úmida era formada por pisadas. Ao nos aproximarmos do poço, o solo ficou ainda mais macio, de modo que nossos pés afundavam, deixando impressões bem nítidas; e ali encontramos rastros muito curiosos e desconcertantes. Em meio ao lodo que cercava o poço (que quase não parecia um poço, visto de perto), havia uma infinidade de marcas que não posso comparar a nada que conhecia, a não ser com pegadas de gigantescas lesmas em meio ao lodo, só que não eram nada semelhantes às de lesmas, pois havia outras marcas que davam a impressão de terem sido feitas por um grande número de enguias jogadas e recolhidas continuamente. Ao menos, foi isso o que elas me pareceram naquele momento.

Além dessas marcas, havia uma boa quantidade de lodo por todo o vale, entre os grandes cogumelos; mas, fora o que já observei, não vimos nada. Na verdade, quase me esqueci de dizer que encontramos bastante desse lodo fino nos fungos que preenchiam o fim do pequeno vale próximo ao acampamento, e ali também descobrimos que muitos deles tinham sido quebrados ou arrancados recentemente, enquanto outros apresentavam a mesma marca da besta. Então me lembrei dos baques surdos que tinha ouvido durante a noite e não tive dúvidas de que as criaturas haviam trepado nos grandes cogumelos para nos espiar. Talvez muitas delas tivessem subido em um só cogumelo, de modo que o peso o quebrasse ou arrancasse suas raízes. Pelo menos, foi o que pensei.

Assim terminou a nossa busca e, depois dela, o contramestre arrumou uma tarefa para cada um de nós. Mas primeiro nos levou de volta à praia, a fim de que o ajudássemos a virar o barco para ele chegar à parte danificada. Com o fundo do bote inteiramente à vista, ele descobriu que havia outro dano além da prancha rompida; pois a tábua traseira havia se soltado da quilha, o que parecia grave, embora a bolina não desse mostras disso. O contramestre, porém, garantiu-nos que ele teria condições de navegar, embora o conserto fosse demorar mais tempo do que imaginara.

Após concluir a inspeção do bote, o contramestre mandou um dos homens pegar na tenda as pranchas do fundo, pois necessitava de algumas tábuas para reparar o dano. Mas, quando trouxeram as tábuas, ele ainda precisava de algo que elas não podiam fornecer: um pedaço sólido de madeira com cerca de três polegadas de largura em cada lado, que ele pretendia parafusar no lado a estibordo da quilha, depois de substituir as tábuas da melhor maneira possível. Ele tinha esperança de que, dessa forma, fosse possível pregar a tábua traseira ao pedaço de madeira e, em seguida, calafetá-la com estopa, tornando assim o barco quase tão sólido como antes.

Enquanto todos pensávamos onde poderíamos encontrar tal pedaço de madeira, de repente, lembrei-me do mastro e do mastaréu que estavam do outro lado da ilha e imediatamente fiz menção a eles. O contramestre assentiu, dizendo que poderíamos tirar a madeira do navio, embora fosse dar trabalho, já que tínhamos apenas um serrote e uma machadinha pequena. Então mandou que limpássemos a alga marinha da madeira, prometendo nos ajudar quando terminasse de tentar colocar as duas pranchas na posição habitual.

Ao chegar ao navio, afastamos de bom grado as algas e os escombros empilhados sobre os mastros, completamente emaranhados ao cordame. Em pouco tempo, limpamos os mastros e descobrimos que, surpreendentemente, estavam em excelente condição, sendo o mastro inferior, em especial, uma bela peça de madeira. O mastro inferior e o mastaréu ainda conservavam o equipamento, embora o cordame inferior, em alguns pontos, estivesse preso até a metade nas enxárcias; contudo, ainda havia um excelente cânhamo branco, da melhor qualidade, como aqueles encontrados apenas nas melhores embarcações.

Mais ou menos na hora em que terminamos de limpar a alga, o contramestre chegou com o serrote e a machadinha. Sob suas instruções, cortamos as amarras do cordame do mastaréu e depois o serramos bem acima da pega. Foi um trabalho árduo, que nos tomou boa parte da manhã, embora nós nos revezássemos com o serrote. Ao terminar, ficamos imensamente felizes quando o contramestre ordenou que um dos homens pegasse um pouco de alga e acendesse a fogueira para o almoço. Depois, ele colocou um pedaço de carne salgada para cozinhar.

Enquanto isso, o contramestre começou a cortar o mastaréu cerca de quinze pés acima do primeiro corte; o comprimento da ripa que ele precisava. Mas o trabalho era tão exaustivo que ainda não tínhamos feito nem a metade quando o homem que o contramestre havia enviado voltou para dizer que o almoço estava pronto. Assim que comemos e descansamos um pouco, ainda fumávamos nossos cachimbos quando o contramestre levantou-se e levou-nos de volta, pois estava determinado a cortar o mastaréu antes do anoitecer.

Pouco depois, substituindo um ao outro com frequência, concluímos o segundo corte, e, depois disso, o contramestre orientou-nos a serrar um bloco com cerca de doze polegadas de profundidade da parte restante do mastaréu. Quando o cortamos, ele começou a esculpir cunhas com a machadinha. Em seguida, fez uma ranhura no fim do tronco de quinze pés, inseriu as cunhas nesse entalhe e, assim, perto do anoitecer, devido, talvez, tanto à sorte quanto à boa supervisão, o tronco já estava transformado em duas metades, dividido ao meio com exatidão.

Então, ao ver que o pôr do sol se aproximava, ele ordenou que os homens se apressassem em recolher algas e levá-las até o acampamento, enquanto enviava outro marinheiro à costa para buscar mexilhões entre as algas marinhas. Mesmo assim, ele não parou de trabalhar no tronco dividido e manteve-me ao seu lado como ajudante. Dali a uma hora tínhamos um pedaço de madeira com cerca de quatro polegadas de diâmetro e uma fenda em um dos lados. Ele ficou muito satisfeito com o resultado, embora parecesse pouco depois de tanto trabalho.

A essa altura, o crepúsculo já estava chegando, e os homens, após transportar a alga marinha, esperavam o contramestre para retornar ao acampamento. Nesse momento, o homem enviado para coletar mexilhões voltou, trazendo um grande caranguejo em sua lança, espetado pela barriga. A criatura, com não menos que trinta centímetros de carapaça e uma aparência formidável, acrescentaria sabor à nossa ceia, após ser cozida por algum tempo em água fervente.

Tão logo esse homem voltou, partimos imediatamente para o acampamento, levando conosco o pedaço de madeira cortado do mastaréu. Já estava bem escuro e foi muito estranho caminhar entre os grandes fungos quando atravessamos a extremidade superior do vale até a praia oposta. Particularmente, notei que o odor horrível e bolorento dos cogumelos monstruosos estava mais ofensivo do que durante o dia; talvez porque, nesse momento, eu estivesse usando mais o olfato que a visão.

Tínhamos atravessado metade do topo do vale, com a escuridão se aprofundando cada vez mais, quando identifiquei no ar fresco da noite um odor tênue, bem diferente daquele que exalavam os fungos circundantes. Pouco depois, senti uma forte lufada e quase vomitei com o seu cheiro repulsivo; mas a lembrança da coisa sórdida surgida ao lado do barco na escuridão do amanhecer, antes de encontrarmos a ilha, despertou em mim horror além da náusea; pois, de repente, eu soube que tipo de coisa havia maculado meu rosto e minha garganta na noite passada, e deixado seu horrendo fedor em minhas narinas. E, ao perceber isso, gritei ao contramestre para se apressar, pois havia demônios conosco. Quando ouviram isso, alguns homens fizeram menção de correr; mas ele ordenou, com voz severa, que ficassem onde estavam e se mantivessem bem juntos, do contrário seriam atacados e vencidos, dispersos entre os fungos em meio à escuridão. E como, sem dúvida, tinham tanto medo da escuridão ao redor quanto do contramestre, eles obedeceram, e assim deixamos o vale em segurança; embora um inquietante deslizar parecesse nos seguir encosta abaixo.

Assim que chegamos ao acampamento, o contramestre ordenou que quatro fogueiras fossem acesas, uma de cada lado da tenda, e foi o que fizemos, acendendo-as nas brasas de nosso antigo fogo, que estupidamente tínhamos deixado se extinguir. Com as fogueiras acesas, preparamos o caldeirão e cozinhamos o enorme caranguejo, e assim tivemos uma ceia bem farta; embora, enquanto comia, cada homem mantivesse a arma ao seu lado, cravada na areia; pois sabíamos que o vale abrigava uma coisa diabólica, ou talvez mais de uma. Isso, porém, não estragou nosso apetite.

Em breve terminamos de comer, e cada homem puxou seu cachimbo com a intenção de fumar; mas o contramestre disse a um deles para levantar e montar guarda, do contrário correríamos o risco de ser surpreendidos, reclinados na areia. Isso me pareceu muito sensato; afinal, era evidente que os homens se sentiam seguros com o brilho do fogo à sua volta.

Enquanto todos descansavam dentro do círculo das fogueiras, o contramestre acendeu uma das velas de sebo que pegamos do navio encontrado no riacho e foi ver como Job estava, após o descanso do dia. Com isso, eu me levantei, censurando-me por ter esquecido o pobre rapaz, e segui o contramestre até a tenda. No entanto, eu mal tinha chegado na entrada quando o contramestre deu um grito e soltou a vela. Então vi o motivo de sua agitação: no lugar onde tínhamos deixado Job, não havia nada. Entrei na tenda e, no mesmo instante, chegou às minhas narinas um leve traço do horrível fedor que eu tinha sentido no vale e da coisa que apareceu ao lado do barco. Logo concluí que Job tinha sido capturado pelas criaturas repulsivas e gritei ao contramestre que *elas* tinham levado o rapaz. Foi quando meus olhos notaram uma mancha de lodo na areia e tive prova de que não me enganara.

Assim que o contramestre ouviu minha teoria, saiu rapidamente da tenda e mandou recuar os homens que haviam chegado e estavam transtornados com o ocorrido. O contramestre escolheu as varas mais grossas de um feixe de juncos que os homens haviam cortado para combustível, e a uma delas amarrou uma grande massa de algas secas. Adivinhando sua intenção, os homens fizeram o mesmo com as outras. Assim, cada um de nós se muniu de uma grande tocha.

Quando terminamos os preparativos, cada homem pegou sua arma e, mergulhando as tochas nas fogueiras, partimos ao longo da trilha feita pelas criaturas demoníacas e pelo corpo do pobre Job; pois agora, com a suspeita de que algo ruim havia acontecido com ele, compreendíamos com clareza as marcas na areia e o limo, que, espantosamente, não tínhamos notado antes.

O contramestre liderou o caminho e, ao perceber que as marcas conduziam diretamente ao vale, começou a correr, segurando a tocha bem acima da cabeça. Fizemos o mesmo, pois queríamos ficar juntos a qualquer custo e, além disso, estávamos ansiosos para vingar Job, de modo que não tínhamos tanto medo assim.

Em menos de meio minuto, chegamos ao fim do vale; mas, como ali o terreno não era muito propício para revelar rastros, não soubemos em que direção seguir. Com isso, o contramestre gritou por Job, na esperança de que ainda estivesse vivo; mas não houve resposta, exceto um eco baixo e incômodo. Então, sem perder mais tempo, o contramestre correu até o centro do vale, e nós o seguimos, fitando tudo à volta com os olhos bem abertos. Tínhamos chegado, talvez, na metade do caminho quando um dos homens gritou que via algo à frente; mas o contramestre já tinha visto, pois correu naquela direção, segurando a tocha erguida e balançando o grande cutelo. Então, em vez de golpear, caiu de joelhos ao lado da arma e, no instante seguinte, o alcançamos. Naquele momento, tive a impressão de ver inúmeras formas brancas dissolvendo-se com rapidez nas sombras à frente, mas esqueci-as imediatamente quando percebi por que o contramestre havia se ajoelhado. Lá estava o corpo nu e rígido de Job, todo coberto, centímetro por centímetro, por aquelas pequenas marcas aneladas que encontrei no meu pescoço, e de cada uma corria um fio de sangue, transformando o rapaz em uma visão aterradora.

Ao ver Job tão mutilado e exangue, sentimos um terror mortal e, no breve instante de silêncio que se seguiu, o contramestre colocou a palma da mão sobre o peito do pobre rapaz; o coração não batia mais, embora o corpo ainda estivesse quente. Imediatamente se levantou, com uma expressão de desmedida fúria em seu rosto. Ele pegou pela haste a tocha que havia cravado no chão e olhou em volta para o silêncio do vale; mas não havia nenhum ser vivo à vista, exceto os fungos gigantes e as estranhas sombras projetadas pelas grandes tochas e pela solidão.

Nesse momento, uma das tochas, já quase no fim, desfez-se na mão do homem que a levava. Imediatamente após, mais duas tiveram o mesmo fim. Diante disso, temendo que não durassem até voltarmos ao acampamento e sem saber o que fazer, voltamo-nos para o contramestre; mas ele estava muito quieto, fitando atentamente as sombras que nos rodeavam. Até que uma quarta tocha caiu no chão com uma chuva de brasas e me virei para olhar. No mesmo instante, houve um grande clarão atrás de mim, acompanhado pelo baque surdo de algo seco que pareceu se inflamar de repente. Olhei rapidamente para o contramestre, que fitava um dos cogumelos gigantes, cuja borda mais próxima ardia em chamas com uma fúria incrível, emitindo labaredas de fogo e violentos estampidos que, a cada explosão, expeliam um pó fino que entrava em nossas gargantas e narinas, fazendo-nos espirrar e tossir de maneira lamentável. Por isso, estou convencido de que, se fôssemos atacados naquele momento, teríamos sido aniquilados pelo inimigo.

Se foi o contramestre quem incendiou esse primeiro fungo, não sei; talvez tenha sido sua tocha que encostou nele por acaso e ateou fogo. Seja como for, o contramestre interpretou aquilo como um verdadeiro sinal da Providência e preparou-se para dirigir sua tocha a um fungo mais adiante, enquanto quase sufocávamos de tanto tossir e espirrar. Porém, não mais do que um minuto depois, resolvemos imitar o contramestre, mesmo sob o efeito daquele pó; e os homens cujas tochas haviam se apagado derrubaram pedaços flamejantes do fungo incendiado e os espetaram nelas, criando tochas que ardiam tão bem quanto qualquer outra.

Foi assim que, cinco minutos após descobrirmos o corpo de Job, todo aquele vale hediondo ardeu, mandando fétidas espirais de fumaça até os céus; enquanto nós, repletos de um desejo assassino, corríamos de um lado a outro com nossas armas, tentando destruir as torpes criaturas que causaram a morte do pobre rapaz. No entanto, não conseguimos encontrar nenhum animal ou criatura para nos vingar, e então, pouco tempo depois, com o vale intransitável em razão do calor, das faíscas que voavam e da profusão de poeira acre, voltamos até o local onde estava o cadáver do rapaz e o carregamos para a costa.

Durante toda a noite, nenhum de nós dormiu. A queima dos fungos do vale formou uma enorme coluna de chamas que parecia brotar da boca de uma cova monstruosa; quando a manhã chegou, ela ainda queimava. Ao amanhecer, alguns homens ainda dormiam, muito cansados, enquanto outros vigiavam.

Quando acordamos, havia um vento forte e chovia sobre a ilha.

A luz entre as algas

O vento que vinha do mar passou a soprar violentamente, ameaçando derrubar a tenda, o que de fato ocorreu assim que terminamos nosso triste desjejum. Contudo, o contramestre disse-nos para não montá-la novamente, e sim esticá-la bem, com as bordas erguidas sobre os suportes de junco, a fim de coletar um pouco de água da chuva, pois tornara-se imperativo renovar nosso suprimento antes de voltar ao mar. E enquanto alguns se ocupavam com essa tarefa, ele chamou outros e montou uma pequena tenda feita de lonas sobressalentes para abrigar todas as coisas que a chuva poderia danificar.

Dali a pouco a lona estava quase cheia de água, pois a chuva continuou caindo torrencialmente. Estávamos prestes a encher o reservatório quando o contramestre gritou para esperar e provar a água antes de misturá-la com a que já tínhamos. Então, com as mãos em concha, pegamos um pouco da água para sentir o gosto e descobrimos que era salgada, completamente intragável, o que me deixou bastante surpreso até o contramestre lembrar que a lona ficara cheia de água do mar por muitos dias, de modo que seria necessário uma grande quantidade de água doce para lavar todo aquele sal. Ele mandou estendê-la na praia, limpá-la com areia dos dois lados e, em seguida, deixar a chuva lavá-la bem. Obedecemos e vimos que a água que recolhemos depois estava quase fresca, porém ainda não o suficiente para o nosso propósito. No entanto, quando a lavamos pela segunda vez, ela ficou completamente livre do sal, de modo que pudemos aproveitar toda a água coletada.

Pouco antes do meio-dia, parou de chover, embora de tempos em tempos ainda houvesse rajadas breves; porém, o vento não arrefeceu e continuou soprando forte enquanto permanecemos na ilha.

Quando a chuva parou, o contramestre chamou-nos para enterrar dignamente o infeliz rapaz, cujos restos mortais permaneceram durante a noite em uma das tábuas do fundo do barco. Após breve discussão, decidimos enterrá-lo na praia, pois o vale era a única parte da ilha em que havia terra fofa, e nenhum de nós tinha estômago para voltar àquele lugar. Além disso, sem ferramentas adequadas, levamos em conta o fato de que ali a areia era macia e fácil de cavar. Então, usando as tábuas do bote, os remos e a machadinha, fizemos uma cova grande e profunda o bastante para abrigar o corpo. Não fizemos nenhuma oração; apenas ficamos parados diante do túmulo, em silêncio. Depois o contramestre sinalizou para jogarmos areia sobre a cova e, com isso, cobrimos o pobre rapaz e o deixamos descansar em paz.

Após o jantar, o contramestre serviu-nos um bom trago de rum, decidido a alegrar-nos novamente.

Ficamos sentados por algum tempo, fumando. Depois, dividimo-nos em dois grupos para fazer uma busca pela ilha entre as rochas, na esperança de encontrar água da chuva empoçada entre buracos e fendas; pois, embora houvéssemos coletado um pouco por meio de nosso dispositivo com a lona, não era de modo algum o bastante para suprir nossas necessidades. O contramestre estava especialmente apressado e ansioso, pois o sol havia saído de novo, e ele temia que o calor secasse as pequenas poças antes que pudéssemos encontrá-las.

O contramestre liderou um grupo e mandou o marinheiro corpulento conduzir o outro, ordenando a todos que mantivessem as armas à mão. Dirigiu-se às rochas que formavam a base da colina mais próxima, mandando os outros para a maior e mais distante. Cada grupo levava um tonel vazio contendo dois grandes canudos de juncos, a fim de aproveitar cada gotícula que aparecesse pelo caminho e mandá-la direto para o fundo antes que tivessem tempo de evaporar no ar quente. Para coletar grandes quantidades de água, levamos nossas canecas de lata e um dos baldes do barco.

Em pouco tempo, após muito vasculhar as rochas, encontramos uma poça de água notavelmente doce e fresca, e coletamos quase três galões antes de exauri-la por completo. Depois disso, descobrimos talvez cinco ou seis outras, mas nenhuma tão grande quanto a primeira; ainda assim, ficamos contentes, pois conseguimos preencher quase três quartos do tonel. Resolvemos então voltar ao acampamento, esperando que o outro grupo tivesse tido a mesma sorte.

Assim que chegamos, os outros já estavam lá e pareciam muito satisfeitos; nem foi preciso perguntar se tinham enchido o tonel. Quando nos viram, vieram correndo ao nosso encontro para contar que haviam descoberto um grande reservatório de água potável em uma cavidade profunda, a um terço de distância da colina mais afastada. Desse modo, o contramestre ordenou que baixássemos os tonéis e fôssemos todos até o monte para verificar com os próprios olhos se as notícias eram tão boas assim.

Logo, guiados pelo outro grupo, circundamos a beira da colina mais distante e descobrimos que uma suave ladeira com muitas saliências e fissuras conduzia até o cimo, um pouco mais difícil de subir que uma escada. Após galgar cerca de noventa ou cem pés, chegamos subitamente ao local que abrigava a água. De fato, não foi à toa que o outro grupo havia se gabado daquela descoberta: a poça media cerca de vinte pés de comprimento por doze de largura, era tão cristalina quanto uma fonte e tinha profundidade considerável, como constatamos ao introduzir a haste de uma lança nela.

Ao verificar pessoalmente que o excelente suprimento de água atendia às nossas necessidades, o contramestre, muito aliviado, declarou que dentro de três dias, no máximo, poderíamos deixar a ilha, coisa que nenhum de nós lamentou. Na verdade, se o barco não estivesse avariado, teríamos partido naquele mesmo dia; mas ainda havia muito a ser feito antes que a embarcação tivesse condições de navegar novamente.

Esperamos o contramestre terminar de inspecionar a poça e já íamos começar a descer quando ele mandou que ficássemos ali. Ao olhar para trás, vimos que ele continuou subindo a encosta. Seguimos atrás dele, apressados; embora sem saber por que ele desejava ir mais alto. Em pouco tempo, chegamos ao cume e encontramos um local muito espaçoso e bem nivelado, exceto em um ou dois pontos onde rachaduras profundas com cerca de meio a um pé de largura e talvez três a seis braças de comprimento o atravessavam; porém, fora essas e outras grandes rochas, aquele era um lugar bastante espaçoso, como disse, além de inteiramente seco. Sentimos com prazer o terreno firme sob os pés, após tanto tempo pisando na areia.

Creio que compreendi bem cedo os desígnios do contramestre, pois dirigi-me à beira que dava para o vale, olhei para baixo e, ao perceber que era quase um precipício escarpado, me vi acenando com a cabeça, como se concordasse com algum desejo parcialmente formulado. Então, ao olhar em volta, vi que o contramestre examinava a parte que dava para as algas marinhas e juntei-me a ele. Vi também que ali a colina era muito íngreme; mais tarde, atravessamos a orla marítima e descobrimos que era quase tão abrupta quanto no lado das algas.

A essa altura, refletindo um pouco sobre a questão, disse ao contramestre, sem rodeios, que aquele seria um local bastante seguro para montar acampamento, pois nada poderia nos abordar nem por trás, nem pelos lados; já a frente, onde estava a ladeira, poderia ser vigiada com facilidade. Dirigi-me a ele com muita veemência, pois estava com um medo mortal da noite que se aproximava.

Quando terminei de falar, o contramestre revelou-me, confirmando minhas suspeitas, que aquele era o seu intento; e logo mandou os homens descerem rapidamente e transportarem o acampamento para lá. Assim que eles expressaram sua aprovação, fomos às pressas para o acampamento e começamos na mesma hora a mover o equipamento para o alto do monte.

Nesse ínterim, o contramestre chamou-me para ajudá-lo e fomos novamente até o bote, com intenção de talhar e encaixar a ripa na lateral, de modo a acomodá-la bem na quilha, no local onde a prancha havia se soltado. Ele trabalhou nisso a maior parte da tarde, utilizando a machadinha para esculpir a madeira, com admirável habilidade; contudo, quando a noite chegou, não achou o resultado satisfatório. Mas não pensem que ele trabalhou apenas no bote; pois havia homens para comandar e ele também teve de subir uma vez até o topo do monte para preparar o local que abrigaria a barraca. Depois de montada, o contramestre mandou os homens trazerem alga seca para o novo acampamento, mantendo-os ocupados com essa tarefa quase até o anoitecer; tinha jurado jamais ficar sem o combustível necessário para passar a noite. Dois deles, porém, foram enviados para coletar mariscos, visto que, como ele desconhecia todos os perigos que rondavam a ilha, embora ainda estivesse claro, não queria ninguém andando sozinho por lá. Essa decisão foi sensata, pois, lá pelo meio da tarde, nós os escutamos gritar no outro lado do vale e, pensando que estivessem precisando de ajuda, corremos na direção dos gritos, passando pelo lado direito do vale enegrecido e encharcado. Quando chegamos à praia mais distante, vimos um espetáculo incrível: os dois homens corriam em nossa direção por entre as espessas algas marinhas, perseguidos por um enorme caranguejo a umas quatro ou cinco braças atrás. Pensei que o caranguejo que tentamos capturar antes de vir para a ilha fosse um insuperável prodígio; mas essa criatura era três vezes maior. Parecia que estavam sendo perseguidos por uma assombrosa mesa; no entanto, apesar do tamanho, a criatura corria com mais agilidade sobre as algas do que eu teria imaginado, avançando quase de lado, com uma enorme garra erguida a uns doze pés no ar.

Não sei se os homens teriam conseguido escapar para o terreno mais firme, onde poderiam alcançar maior velocidade; mas, subitamente, um deles tropeçou em um nó de algas marinhas e caiu indefeso no chão. Estaria morto no instante seguinte não fosse a coragem de seu companheiro que enfrentou, intrépido, o monstro, correndo até ele com sua lança de vinte pés. Tive a impressão de que a lança havia acertado um ponto acerca de um pé da grande e saliente carapaça dorsal e penetrado a certa profundidade, tendo o homem, graças a Deus, atingido uma parte vulnerável. Ao receber a estocada, o imenso caranguejo parou a perseguição e mordeu o cabo da lança com sua grande mandíbula, partindo a arma com a mesma facilidade com que eu quebraria um graveto. No momento em que alcançamos os homens, aquele que havia tropeçado estava novamente de pé e virava-se para ajudar seu camarada; mas o contramestre arrebatou a lança dele e saltou adiante, pois o caranguejo já estava atacando o outro. O contramestre não tentou atirar a lança no monstro; em vez disso, desferiu dois golpes rápidos nos grandes olhos protuberantes e, pouco depois, a criatura curvou-se, indefesa, sacudindo a enorme garra. O contramestre mandou então que nos afastássemos, embora o homem que atacou o caranguejo quisesse pôr um fim à criatura, dizendo que ela daria uma boa ceia; mas o contramestre não quis saber disso e respondeu que o bicho ainda seria capaz de causar um dano mortal a quem ficasse ao alcance de sua prodigiosa mandíbula.

Depois, ele ordenou que os homens não procurassem mais mariscos, e sim pegassem as duas linhas de pesca, fossem até alguma saliência segura do outro lado da elevação, onde estava o acampamento, e ali tentassem pescar algo. Dito isso, voltou ao conserto do barco.

Pouco antes de anoitecer, o contramestre parou de trabalhar e chamou os homens que haviam levado o combustível e aguardavam ali por perto. Ele mandou que colocassem os tonéis cheios (tão pesados que achamos desnecessário transportar para o novo acampamento) sob o barco virado, alguns segurando a amurada, e outros empurrando os tonéis para baixo. Então o contramestre colocou a ripa ao lado deles e nós baixamos o bote novamente, confiando que seu peso impediria qualquer criatura de entrar ali.

Depois disso, fomos imediatamente para o acampamento, cansados e ansiosos pelo jantar. Ao chegar ao cume da colina, os homens enviados com as linhas vieram mostrar um belo peixe fisgado minutos antes, muito parecido com um enorme lampris. Após examiná-lo, o contramestre disse estar apto para consumo; então eles o abriram e limparam. Como eu falei, o peixe era semelhante a um grande lampris, com a boca cheia de dentes enormes. Compreendi melhor para que serviam quando vi o conteúdo do seu estômago: tentáculos enrolados de lulas e outros moluscos que infestavam o continente de algas marinhas. Quando foram lançados às rochas, fiquei perplexo ao ver como alguns eram compridos e grossos; e não pude deixar de pensar que aquele peixe em particular deveria ser um inimigo perigoso para eles, capaz de atacar com sucesso monstros infinitamente maiores.

Enquanto o jantar era preparado, o contramestre mandou que alguns homens colocassem um pedaço da lona sobressalente sobre um par de juncos, de maneira a barrar o vento que, ali em cima, de tão forte, chegava perto de dispersar o fogo. Eles não encontraram nenhuma dificuldade nisso, pois no lado a barlavento da fogueira, onde havia uma fenda, nela encaixaram os suportes; assim, em pouco tempo, a fogueira estava protegida.

Logo o jantar ficou pronto e achei o peixe extremamente saboroso; embora a carne não fosse lá muito suave; o que não era um problema, já que eu estava de estômago vazio. E aqui observo que a pescaria fez economizar nossas provisões durante toda a estadia na ilha. Após terminar de comer, deitamos confortavelmente para fumar; já que não tínhamos medo de ser atacados devido à altitude e aos precipícios ao redor, exceto pelo que estava à nossa frente. No entanto, assim que descansamos e fumamos um pouco, o contramestre estipulou as vigílias; pois não queria correr riscos por algum descuido.

A essa altura, a noite tinha avançado rapidamente; mas ainda não estava tão escuro a ponto de não enxergarmos as coisas a uma distância razoável. Como humor reflexivo, eu queria ficar um pouco sozinho; afastei-me do fogo e fui até a beira a sotavento do alto da colina. Ali, andei de um lado a outro por algum tempo, fumando e refletindo. Logo passei a contemplar a imensidão do vasto continente de algas e limo que estendia sua incrível desolação para além do horizonte cada vez mais escuro; pensei no terror dos homens cujas embarcações tinham sido enredadas pela estranha vegetação, então meus pensamentos voltaram-se ao navio solitário que jazia abandonado ao crepúsculo e me perguntei qual teria sido o fim daquelas pessoas. Com isso, meu coração ficou ainda mais pesado. Concluí que eles deviam ter morrido de fome ou, então, por obra de uma das criaturas demoníacas que habitavam aquele solitário mundo de algas marinhas. Com essas ideias passando pela minha cabeça, o contramestre tocou meu ombro e convidou-me, caloroso, a sentar perto do fogo e banir todos os pensamentos melancólicos; pois ele era perspicaz e me seguira em silêncio quando deixei o acampamento. Em uma ou duas ocasiões anteriores, teve razões para me repreender por minhas meditações sombrias. Por este e tantos outros motivos, aprendi a estimar aquele homem. Às vezes me parecia que o sentimento era recíproco e, embora ele falasse pouco e não gostasse de expor seus sentimentos, eu tinha esperança de confirmar minhas suspeitas.

Então voltei para perto do fogo e, como meu turno de guarda começaria apenas à meia-noite, entrei na tenda para dormir um pouco, após fazer uma cama confortável com os pedaços mais macios de alga marinha seca que encontrei.

Estava com tanto sono que dormi pesadamente e, dessa forma, não ouvi o vigia chamar o contramestre; ainda assim, o despertar dos outros me acordou e então percebi que a tenda estava vazia. Corri até a saída e descobri que brilhava no céu uma lua muito clara, que a nebulosidade nos impedira de ver nas duas noites anteriores. Além disso, o calor abafado havia desaparecido, pois o vento o levou embora com as nuvens. Porém, constatar tudo isso foi meio inconsciente; eu estava preocupado em descobrir o paradeiro dos homens e a razão de terem deixado a tenda. Por isso, passei pela entrada e logo os descobri apinhados à beira a sotavento do cimo da colina. Em silêncio para não incomodá-los, corri rapidamente até onde estavam e perguntei ao contramestre o que havia tirado o sono deles e, em resposta, ele apontou para o vasto continente de algas.

Encarei aquela imensidão, tão fantasmagórica à luz do luar; mas por um momento não consegui enxergar o que ele me apontava. Eis que, de repente, algo captou o meu olhar: uma tênue luz em meio àquela desolação. Durante alguns instantes, eu a encarei, atônito; então constatei que vinha do navio abandonado em meio às algas, o mesmo que, naquela noite, eu tinha contemplado com tristeza e temor, pensando no fim dos que estiveram a bordo. De repente, havia uma luz brilhando ali, aparentemente vinda de uma das cabines da popa; embora a lua mal nos permitisse distinguir o casco da vegetação circundante.

Dali em diante até o amanhecer, não conseguimos mais dormir. Alimentamos a fogueira e nos sentamos em volta, repletos de excitação e incredulidade, levantando constantemente para ver se a luz ainda brilhava. Uma hora depois que a vi, ela se apagou; mas era uma prova incontestável de que havia alguém a meia milha do acampamento.

Por fim, raiou o dia.

Os sinais do navio

Tão logo clareou, fomos para o topo a sotavento da colina, a fim de observar o navio que agora acreditávamos não estar abandonado. No entanto, embora observássemos por mais de duas horas, não conseguimos encontrar nenhum sinal de vida. Na verdade, raciocinando friamente, não teríamos estranhado esse fato, já que a embarcação estava tão encerrada em sua enorme estrutura; mas, ansiosos para ver outro ser humano após a solidão e o horror que vivenciamos em terras e mares estranhos, não conseguíamos controlar a impaciência; queríamos ver logo quem estava a bordo.

E então, cansados de esperar, gritamos em coro, fazendo um tremendo alarido assim que o contramestre deu o sinal. Pensamos que o vento não tardaria em levar o barulho até lá. No entanto, apesar dos gritos altos e ruidosos, não houve resposta; por fim, desistimos de gritar e começamos a pensar em outras maneiras de chamar a atenção daqueles que lá estavam.

Resolvemos discutir a questão e, durante a conversa, ora propunha-se uma coisa, ora outra; mas nenhuma solução pareceu promissora. Depois, expressamos nosso espanto, já que o incêndio provocado no vale não os havia alertado para a existência de outros seres humanos na ilha; pois, se houvessem notado, é claro que teriam mantido uma perpétua vigilância até, finalmente, atrair nossa atenção. E mais: era improvável que não houvessem respondido com outra fogueira ou hasteado bandeirolas sobre a enorme estrutura para atrair nossa mirada, caso olhássemos naquela direção. Longe disso, parecia nem sequer haver essa intenção, porque a luz que tínhamos visto na noite anterior talvez fosse mera casualidade.

Pouco depois, fomos tomar o desjejum e comemos vorazmente; pois a noite de vigília nos deixara com muita fome. Mesmo assim, de tão entretidos com o mistério da embarcação solitária, duvido que alguém reparasse na comida que forrava nosso estômago. Assim que um primeiro ponto da questão era levantado, logo era derrubado e outro tomava seu lugar e, desse modo, alguns marinheiros começaram a duvidar de que o navio fosse habitado por um ser humano, afirmando que, ao contrário, devia ser guardado por alguma criatura demoníaca do grande continente de algas marinhas. Após essa constatação, reinou entre nós um silêncio incômodo; ela não apenas esfriou o ardor de nossas esperanças como pareceu acrescentar um novo medo aos que já vínhamos sentindo com intensidade. Então o contramestre, rindo com cordial desdém desse súbito receio, observou que era provável que o grande incêndio no vale houvesse assustado as pessoas a bordo, que teriam interpretado aquilo como um sinal de que havia outros seres humanos por perto. Afinal, ponderou, quem poderia saber que feras desumanas e demônios viviam à espreita no continente de algas; e, se tínhamos motivos para acreditar que havia coisas terríveis entre as algas, eles mais ainda porque, pelo visto, viviam acossados por tais criaturas havia anos. Sendo assim, prosseguiu, podíamos supor que estavam cientes de que novas criaturas haviam chegado à ilha; ainda que, talvez, não desejassem se expor até tê-las reconhecido, e, por isso, deveríamos esperar até que decidissem aparecer.

Quando o contramestre terminou de falar, ficamos mais animados; o argumento dele pareceu bem razoável. No entanto, ainda restavam muitas questões que incomodavam o grupo; como alguém disse, era estranho que não houvéssemos visto antes aquela luz ou a fumaça da cozinha do navio durante o dia. Mas a essa observação, o contramestre respondeu que, até então, tínhamos acampado em um lugar de onde não víamos sequer o grande mundo de algas, muito menos o navio abandonado. E afirmou que, sempre ao cruzar a praia oposta, estávamos ocupados demais para pensar em observar a embarcação que, de fato, naquela posição, deixava entrever apenas sua enorme estrutura. Acrescentou que, até o dia anterior, havíamos chegado apenas a certa altura, e do nosso acampamento atual não se podia ver o navio abandonado; para fazê-lo, tivemos de nos aproximar da borda a sotavento do alto da colina.

E assim, terminado o desjejum, fomos ver se havia algum sinal de vida da embarcação; mas, depois de uma hora, tudo continuava na mesma. Portanto, o contramestre achou tolice perder mais tempo com o navio e deixou apenas um homem vigiando do alto da colina, ordenando que mantivesse uma posição que lhe permitisse ser visto por qualquer pessoa a bordo da nau silenciosa. Em seguida, chamou o resto dos marinheiros para ajudá-lo a consertar o barco. Desde então, até o fim do dia, mandou que os homens se revezassem em turnos, dizendo-lhes para acenar se vissem qualquer sinal da embarcação. Porém, com exceção da sentinela, manteve cada homem o mais ocupado possível. Ele encarregou alguns de trazer alga para alimentar a fogueira que havia acendido perto do bote; outro para que o ajudasse a virar e segurar a ripa na qual trabalhava; e dois para que pegassem uma aleta das enxárcias nos mastros destroçados, excepcionalmente feita com barras de ferro. Quando a trouxeram, mandou-me aquecê-la no fogo, depois a golpeou em uma das extremidades e, em seguida, ordenou que eu fizesse buracos com ela na quilha do barco, nos locais assinalados, destinados a receber os parafusos que ele decidira prender na ripa.

Enquanto isso, continuou moldando a ripa até que estivesse a seu gosto e bem encaixada. E durante todo o tempo mandou esse ou aquele homem fazer isso ou aquilo; então percebi que, além de tornar o bote navegável, ele desejava manter os marinheiros ocupados; pois todos estavam tão entusiasmados com a possibilidade de existir outros seres humanos por perto que só conseguiria torná-los úteis se lhes arranjasse alguma tarefa.

Contudo, não pensem que o contramestre fosse insensível à nossa excitação; notei que, de vez em quando, ele lançava olhares ao topo da elevação, como se esperasse alguma novidade da parte do vigia. No entanto, a manhã passou sem nenhum sinal de que as pessoas do navio tivessem decidido se revelar, então fomos almoçar. Nessa refeição, claro, tivemos uma segunda discussão sobre a estranha conduta das pessoas na embarcação; porém, ninguém conseguiu encontrar uma explicação mais razoável do que a dada pelo contramestre durante a manhã, então ficou por isso mesmo.

Mais tarde, após fumar e descansar sossegadamente, pois o contramestre não era nenhum tirano, levantamo-nos a seu pedido para descer mais uma vez à praia. Mas, nesse instante, um dos homens, ao se dirigir até a beira da colina para lançar um breve olhar à embarcação, gritou que parte da enorme estrutura sobre o alojamento tinha sido removida ou afastada e que ali havia uma figura que, visível a olho nu, parecia fitar a ilha com uma luneta. Difícil descrever nossa empolgação com essa notícia, de modo que corremos até lá, ansiosos para ver com os próprios olhos e comprovar o que afirmava o marinheiro. E de fato ele estava certo; conseguimos ver a figura nitidamente, embora pequena devido à distância. Descobrimos em seguida que ela também tinha nos visto, pois começou a acenar selvagemente com algo que imaginei ser a luneta e pareceu pular de alegria. No entanto, tenho certeza de que estávamos tão entusiasmados quanto ela; pois subitamente me vi berrando feito doido junto com os outros e, mais ainda, comecei a acenar e correr para lá e para cá no cimo da colina. Então notei que a figura da embarcação havia desaparecido; mas foi apenas por um instante, porque logo voltou acompanhada de quase uma dúzia de pessoas. Tive a impressão de que algumas eram mulheres, mas a distância era muito grande para afirmar com segurança. Ao nos ver no alto do monte, onde nos destacávamos contra a claridade do céu, elas começaram a acenar freneticamente, e nós a responder da mesma maneira, até ficarmos roucos de tanto gritar inúteis saudações. Porém, logo nos cansamos desse método insatisfatório de mostrar nosso entusiasmo, pegamos um pedaço da lona quadrada e a erguemos ao sabor do vento, acenando para eles; outro pegou uma segunda peça e fez o mesmo, enquanto um terceiro enrolou um pedaço, formando um cone, e fez um megafone improvisado; embora eu duvide de que sua voz tenha ficado mais potente por isso. Quanto a mim, agarrei um dos juncos compridos semelhantes a bambus, que estavam próximos ao fogo, e usei-o para chamar a atenção de maneira bastante espalhafatosa. Desse modo, ficou evidente nossa grande e genuína alegria em descobrir essas pobres pessoas isoladas do mundo, encerradas naquela nau solitária.

Subitamente, constatamos que *eles* estavam no meio das algas e *nós*, no topo da colina, e que não tínhamos como fazer uma ponte. Com isso, passamos a discutir um jeito de resgatar as pessoas a bordo. Mas não chegamos a nenhuma conclusão satisfatória; pois, embora alguém tenha dito que já vira uma corda ser lançada através de um morteiro para um navio à deriva, isso não foi de grande ajuda, porque não tínhamos morteiro. Mas então o mesmo homem disse que talvez as pessoas do navio tivessem um e pudessem atirar a corda para nós, de modo que passamos a considerar essa hipótese. Caso eles tivessem tal arma, nosso problema estaria resolvido. Porém, não sabíamos como descobrir se possuíam um, muito menos como explicar nossa ideia a eles. Nesse momento, o contramestre veio em nosso auxílio e pediu que um homem jogasse rapidamente alguns juncos no fogo; enquanto isso, espalhou sobre a rocha uma das peças sobressalentes de lona; então mandou que o homem lhe trouxesse um pedaço de junco chamuscado e com ele escreveu nossa pergunta na lona, pedindo um novo carvão conforme o anterior acabava. Após terminar de escrever, ordenou que dois homens esticassem a lona, um de cada lado, e a erguessem para que as pessoas do navio pudessem vê-la, e assim conseguimos fazê-los compreender o que desejávamos. Logo alguns se retiraram e voltaram pouco depois com um imenso pano branco quadrado, onde se lia um grande "NÃO" e, com isso, ficamos novamente sem saber como resgatá-los. De repente, nosso imenso desejo de deixar a ilha transformou-se na determinação de salvá-los e, de fato, teríamos agido como verdadeiros calhordas se pensássemos o contrário. Mas fico feliz em dizer que, a essa altura, nossos pensamentos estavam voltados àqueles que nos fitavam e a como fazer para que regressassem mais uma vez ao mundo do qual estavam afastados por tanto tempo.

Como disse, ficamos novamente perdidos, sem saber como chegar até eles. Começamos a discutir de novo, na esperança de chegar a algum plano, acenando de vez em quando àqueles que nos observavam tão ansiosamente. Mas depois de algum tempo ainda não tínhamos pensado em um método de resgate. Então, ocorreu-me uma ideia (sugerida, talvez, pela proposta de atirar a corda por um morteiro) que eu tinha lido certa vez em um livro, sobre como uma bela donzela conseguiu escapar de um castelo através de um artifício semelhante pensado pelo seu amado. A diferença é que, naquele caso, ele atirou a corda (que sua amada usou para descer) por meio de um arco, e não de um morteiro.

Achei possível substituir o morteiro por um arco se conseguíssemos encontrar o material necessário para fazer essa arma e, com isso em mente, peguei um pedaço do junco e testei sua elasticidade. O resultado foi satisfatório; pois a curiosa vegetação que chamei até agora de junco não guardava nenhuma semelhança com essa planta, além da mera aparência; era bem resistente e lenhosa, além de mais robusta que o bambu. Após checar sua flexibilidade, fui até a tenda, cortei um pedaço de corda reforçada que encontrei no equipamento e, com isso e o junco, criei um arco rústico. Olhei em volta até deparar com um broto de junco muito fino, que fora cortado juntamente com os outros, e com ele fiz uma espécie de flecha, usando como pluma um pedaço das folhas largas e duras que revestiam a planta. Em seguida, dirigi-me até onde os homens se aglomeravam ao redor da beirada a sotavento da colina. Quando me viram assim armado, pensaram que eu estava brincando e alguns até riram da minha estranha atitude; mas quando expliquei o que pensava, eles pararam de rir e balançaram a cabeça, mostrando que eu tinha perdido o meu tempo; pois, como disseram, nada exceto a pólvora poderia alcançar uma distância tão grande. Depois disso, voltaram-se para o contramestre, com quem alguns pareciam discutir. E durante algum tempo fiquei quieto e escutei; assim descobri que parte dos homens defendia pegar o bote (depois de consertado) e abrir passagem até o navio, criando um estreito canal através da alga. Mas o contramestre balançou a cabeça e lembrou-os dos grandes diabos marinhos, caranguejos e de coisas piores que a alga ocultava, dizendo-lhes que as pessoas do navio já teriam feito aquilo se fosse possível, e então os homens calaram-se, pois o ardor irracional que sentiam fora aplacado por aquelas advertências.

Nesse exato instante, algo provou a sensatez do argumento do contramestre; eis que, de repente, um dos homens soltou uma exclamação e mandou que olhássemos para o navio, o que fizemos rapidamente. Vimos grande comoção entre as pessoas na parte exposta da enorme estrutura: elas corriam de um lado para outro e algumas empurravam o tapume que bloqueava a abertura. Imediatamente percebemos o motivo da comoção e pressa: houve uma agitação na massa de algas próxima à proa do navio e, no instante seguinte, monstruosos tentáculos alçaram-se até o local onde estivera a abertura; mas a porta tinha sido fechada, e as pessoas do navio estavam seguras. Ao contemplar a cena, os homens que propuseram resgatá-los com o bote e outros gritaram de horror à visão da enorme criatura, e tive certeza de que, se o resgate dependesse do bote, aquelas pessoas estariam condenadas para sempre.

Vendo que era um bom momento para insistir na ideia do arco, comecei mais uma vez a explicar as probabilidades de êxito, dirigindo-me particularmente ao contramestre. Disse que tinha lido que os antigos faziam armas potentes, algumas das quais podiam lançar uma grande pedra, tão pesada quanto dois homens, a uma distância que ultrapassava um quarto de milha; além disso, haviam concebido enormes catapultas que arremessavam uma lança ou uma grande flecha ainda mais longe. Ele expressou surpresa, respondendo que jamais ouvira falar disso, mas que duvidava muito que fôssemos capazes de construir tal arma. Eu o contestei, porém, afirmando que não seria tão difícil assim e que eu havia traçado claramente o plano na minha cabeça; também mostrei que tínhamos o vento a nosso favor e estávamos a uma grande altitude, o que permitiria que a flecha viajasse ainda mais longe antes de cair na alga.

Em seguida, fui até a beira do monte e, pedindo-lhe que observasse, ajustei minha flecha à corda e, após curvar o arco, soltei-a. Com o auxílio do vento e da altitude, a flecha mergulhou na alga marinha, a quase duzentas jardas de onde estávamos, cerca de um quarto da distância necessária para alcançar o navio encalhado. Depois disso, o contramestre aprovou a minha ideia; embora tenha observado que a flecha cairia mais perto se houvesse um pedaço de corda amarrado nela, o que admiti. Também acrescentou que o arco e a flecha eram bastante grosseiros e que eu não era nenhum arqueiro. Mesmo assim, prometi que, com o arco que eu fabricasse, lançaria uma flecha certeira no navio, mas para isso precisava de sua ajuda e dos homens.

Foi uma promessa precipitada, como constatei mais tarde; mas eu tinha fé na minha ideia e estava ansioso para colocá-la à prova. Depois de muita discussão no jantar, ficou decidido que eu tinha permissão de fazê-lo.

A fabricação do grande arco

A quarta noite na ilha foi a primeira sem incidentes. Na verdade, brilhava uma luz no navio encalhado nas algas; mas agora que sabíamos da existência de seus passageiros, não havia mais motivo para excitação, muito menos contemplação. Quanto ao vale, onde criaturas vis haviam acabado com Job, me pareceu muito silencioso e desolado sob o luar; pois fiz questão de observá-lo durante minha guarda; contudo, apesar de vazio, ainda era sinistro, um lugar que evocava pensamentos inquietantes, de modo que não perdi tempo refletindo sobre ele.

Era a segunda noite livre do horror daquelas coisas diabólicas, e tive a impressão de que o grande incêndio as tinha assustado e afugentado dali; mas logo eu teria uma resposta.

Devo admitir que, além de fitar brevemente o vale e observar ocasionalmente a luz em meio à alga, dediquei mais tempo aos planos referentes ao grande arco. Quando vieram me render, eu já tinha todos os detalhes resolvidos e sabia muito bem o que os homens deveriam fazer assim que começássemos a trabalhar de manhã.

Quando amanheceu e terminamos o desjejum, voltamos a falar sobre o grande arco, e o contramestre colocou os homens sob minha supervisão. A primeira questão que destaquei foi a necessidade de transportar até o cimo da colina a outra metade do pedaço de mastaréu que o contramestre dividira em dois para obter a ripa do bote. Com esse fim, descemos até a praia onde estavam os destroços e, pegando a parte que eu pretendia usar, carreguei-a até o sopé da colina; então mandamos um homem ao topo para baixar a corda com que prendíamos o bote à âncora marítima e, depois de bem amarrada ao pedaço de madeira, voltamos ao cume; assim, após muitos puxões e bastante esforço, conseguimos erguê-la.

A próxima etapa era aplainar a face dividida da madeira. Isso ficou a cabo do contramestre e, enquanto ele se ocupava da tarefa, fui com alguns homens ao bosque de juncos, onde, com muito cuidado, selecionei as melhores plantas para o arco; depois disso, cortei os mais limpos e retos para utilizá-los como setas. Em seguida, voltamos ao acampamento e ali comecei a podar as folhas e separá-las para um uso específico. Peguei uma dúzia de juncos e cortei cada um no comprimento de vinte e cinco pés, talhando o local em que encaixaria a corda. Nesse meio-tempo, mandei que dois homens fossem até os escombros dos mastros, cortassem alguns pedaços de enxárcias de cânhamo e as trouxessem para o acampamento e, feito isso, pedi que as destrançassem, de modo a extrair os fios brancos sob a cobertura externa de alcatrão e graxa. Quando os vimos, constatamos que eram de excelente qualidade e muito resistentes, então pedi que fizessem uma gaxeta de três fios para utilizá-la nas cordas dos arcos. Notem que eu disse "arcos", e explicarei o motivo. Minha intenção original era fazer um grande arco, juntando uma dúzia de juncos; mas, pensando melhor, percebi que era uma péssima ideia, pois se perderia muito vigor e potência com a união das peças amarradas quando o arco fosse liberado. Para evitar isso e fazer a curvatura, o que, a princípio, me pareceu um enigma, decidi fazer doze arcos separados e prendê-los na extremidade do picadeiro do bote, um sobre o outro, de modo que todos ficassem na vertical, em um só plano. Com esse estratagema, eu imaginava ser capaz de curvar os arcos um de cada vez, deslizar cada corda sobre o entalhe e depois amarrar as doze cordas juntas na parte do meio para que formassem apenas uma corda até a ponta da flecha. Tudo isso expliquei ao contramestre, que, de fato, vinha ruminando sobre como seríamos capazes de curvar um arco da maneira que eu propunha fazer. Ele ficou muito satisfeito com meu método de contornar essa dificuldade e outra ainda pior, um trabalho bastante penoso: como *encordoar* o arco.

Pouco depois, o contramestre me chamou para anunciar que conseguira deixar a superfície do picadeiro suficientemente lisa e macia; então o acompanhei, pois desejava que ele queimasse um leve sulco no centro, de ponta a ponta, e que fosse feito com bastante exatidão; porque disso dependia, em grande parte, a trajetória correta da flecha. Voltei então ao meu trabalho, visto que ainda não tinha acabado de entalhar os arcos. Quando terminei, pedi que buscassem parte da gaxeta e, com a ajuda de outro marinheiro, consegui encordoar um dos arcos. Ao final, comprovei que ele estava bastante elástico e tão resistente que, para curvá-lo, tive de fazer muita força, o que me deixou bastante satisfeito.

Logo me ocorreu que seria bom colocar alguns homens para trabalhar na corda que a flecha deveria carregar. Eu decidira que ela deveria ser feita também com fios de cânhamo branco e, para que fosse leve, imaginei que bastaria apenas um; mas, para que mostrasse resistência suficiente, pedi que separassem os fios e colocassem as duas metades juntas, obtendo assim uma corda muito leve e forte; embora ainda não fosse possível terminá-la, porque eu precisava de mais do que meia milha e, portanto, a corda levou mais tempo do que o próprio arco.

Após colocar tudo isso em prática, voltei a trabalhar em uma das flechas. Estava ansioso para ver como funcionariam, sabendo quanto o arco dependia do equilíbrio e da exatidão do projétil. No final, acabei fazendo uma flecha bem bonita e emplumei-a com suas próprias folhas, endireitando-a e aplainando-a com minha faca. Por fim, inseri um pequeno parafuso na extremidade dianteira para servir de "cabeça" e, imaginei, dar-lhe equilíbrio; embora não me sentisse seguro em relação a isso. Contudo, antes que eu terminasse minha flecha, o contramestre informou que havia feito o sulco e chamou-me para admirá-lo; de fato, ele era realmente de uma surpreendente precisão.

De tão ocupado em descrever a elaboração do grande arco, esqueci de relatar como o tempo passou — sentamo-nos para almoçar; as pessoas do navio nos acenaram e acenamos de volta, escrevendo então em um pedaço de lona uma única palavra: "ESPEREM" — e de como, além de tudo isso, alguns marinheiros haviam reunido nosso combustível para a noite que se aproximava.

Não tardou a anoitecer; contudo, não paramos de trabalhar, pois o contramestre ordenou que os homens acendessem uma segunda fogueira ainda maior ao lado da anterior e, à luz dela, fizemos outro longo turno; embora parecesse bastante curto em razão do interesse que sentíamos pelo trabalho. Por fim, o contramestre mandou que parássemos para cear. Obedecemos e, depois disso, ele organizou as vigílias, enquanto nos deitávamos para dormir, exaustos.

Apesar do cansaço, quando o vigia anterior me chamou para rendê-lo, eu me sentia muito bem e desperto. Passei boa parte do tempo, como na noite passada, estudando meus planos para finalizar o grande arco e finalmente resolvi como prender os arcos na extremidade do picadeiro; pois até então eu hesitara entre vários métodos. Nesse momento, porém, decidi fazer doze sulcos na extremidade serrada do picadeiro e encaixar ali o meio dos arcos, um sobre o outro; e então amarrá-los em cada lado com parafusos cravados nas laterais. Fiquei muito satisfeito com essa ideia, que prometia arcos eficazes e sem muito trabalho.

Embora tenha passado boa parte do meu turno pensando nos detalhes de minha prodigiosa arma, não pensem que negligenciei meu dever como vigia; pois andei continuamente pelo topo do monte, mantendo minha espada reta, pronta para qualquer emergência. No entanto, meu turno passou silenciosamente; embora eu tenha testemunhado algo que me provocou um breve momento de inquietação. Foi assim: eu tinha chegado àquela parte do cimo da colina que se erguia sobre o vale quando tive a súbita ideia de me aproximar da beira e dar uma olhada. Então, como a lua brilhava muito e a desolação do local saltava à vista, tive a impressão de ver, quando olhei para o vale, um movimento entre alguns fungos que não tinham queimado e permaneciam de pé, murchos e enegrecidos. Mas não pude, de forma alguma, garantir que aquilo não era um súbito capricho da minha imaginação, nascido da sinistra desolação do vale e talvez potencializado pela incerteza provocada pela luz da lua. Ainda assim, para dissipar minhas dúvidas, voltei em busca de um pedregulho fácil de atirar e, quando o encontrei, dei uma breve corrida até a beira e lancei-o no vale, mirando o local onde me pareceu existir movimento. De imediato, alguma coisa se moveu e então, mais à direita, algo se mexeu, e, com isso, passei a olhar nessa direção, mas nada consegui descobrir. Voltei a fitar a moita onde acertara a pedra e vi que a poça coberta de limo próxima a ela tremia inteira, ou, pelo menos, assim me pareceu. No entanto, no instante seguinte, continuei em dúvida; pois, observando-a melhor, percebi que estava completamente imóvel. Depois disso, por algum tempo, mantive um firme olhar sobre o vale; mas ainda assim não consegui encontrar nada que comprovasse minhas suspeitas. Por fim, parei de vigiá-lo, temendo dar asas à imaginação, e passei a vagar pela parte da colina que dava para as algas.

Fui rendido pouco depois, deitei-me e dormi até de manhã. Então, após um desjejum apressado (com todos ansiosos para ver o grande arco pronto), cada um foi cumprir sua tarefa. Eu e o contramestre decidimos fazer os doze sulcos na transversal, na extremidade plana do picadeiro, nos quais propus encaixar e amarrar os arcos, e conseguimos fazê-lo aquecendo as enxárcias de ferro. Cada um pegou uma extremidade (protegendo as mãos com a lona) e aplicou o ferro queimado até os sulcos ficarem bem nítidos e precisos. Esse trabalho nos tomou toda a manhã; pois era necessário fazer sulcos muito profundos. Nesse meio-tempo, os homens haviam trançado uma quantidade de fios quase suficiente para encordoar os arcos; porém, aqueles que trabalhavam na corda que a flecha levaria, mal tinham chegado à metade, de modo que chamei um homem do outro grupo para ajudar.

Depois do jantar, eu e o contramestre começamos a encaixar os arcos em seus lugares e os amarramos com vinte e quatro parafusos, doze em cada lado, cravados na madeira do picadeiro, a cerca de doze polegadas da extremidade. Depois disso, curvamos e amarramos os arcos, começando de baixo para cima e tomando bastante cuidado para deixar cada um exatamente como o anterior. E então, antes do pôr do sol, esse trabalho estava concluído.

Como as duas fogueiras acesas na noite passada esgotaram o combustível, o contramestre achou prudente que todos interrompessem o trabalho e descessem para apanhar novo suprimento de algas marinhas secas e alguns feixes de juncos. Fizemos isso, encerrando nossas idas e vindas antes que a escuridão caísse sobre a ilha. Então, após acender uma segunda fogueira, como na noite anterior, jantamos e depois tivemos outro turno de trabalho. Todos os homens trançaram a corda que a flecha deveria carregar, enquanto eu e o contramestre fazíamos duas novas flechas; pois percebi que teríamos que fazer uma ou duas experiências antes de calcular o alcance e atingir o objetivo.

Mais tarde, por volta das nove da noite, o contramestre ordenou que deixássemos o trabalho e estabeleceu os turnos, e então fomos para a tenda dormir; a força do vento tornava o abrigo um local muito agradável.

Naquela noite, na minha vez de vigiar, resolvi dar uma olhada no vale. Embora eu o tenha observado de quando em quando durante meia hora, não vi nada que me fizesse pensar que realmente tinha visto algo na noite passada, e assim me senti mais confiante de que não precisávamos mais nos preocupar com as criaturas demoníacas que haviam destruído o pobre Job. No entanto, devo registrar uma coisa que vi durante minha vigília; embora tenha acontecido na beira da colina que dava para o continente de algas marinhas, e não no vale, no trecho de água límpida que havia entre a ilha e as algas. Quando olhei nessa direção, pareceu-me que vários peixes gigantescos atravessavam a ilha na diagonal, em direção ao grande continente de algas; nadavam todos juntos e mantinham um curso muito regular; mas não agitavam a água como botos ou golfinhos. No entanto, como disse, não pensem que vi algo de estranho; de fato, apenas pensei em que tipo de peixe deveriam ser, pois tinham um aspecto estranho à luz indistinta do luar. Cada um deles parecia ter dois rabos; além disso, pensei ter visto uma movimentação de tentáculos abaixo da superfície; mas não tive certeza.

Na manhã seguinte, após um desjejum apressado, voltamos às nossas tarefas; esperávamos ter o grande arco em ação antes do almoço. Em pouco tempo, o contramestre terminou sua flecha, e a minha veio logo depois, de modo que não faltava mais nada para concluir o trabalho, exceto terminar a corda e colocar o arco na posição certa. Fomos testá-lo, auxiliado pelos homens, e erguemos uma camada nivelada de pedras próxima à beira da colina com vista para as algas. Sobre ela colocamos o grande arco e, em seguida, após mandar os homens voltarem a trançar a corda, preparamos a mira da enorme arma. Quando conseguimos apontar o instrumento da forma desejada, diretamente para o navio, o que fizemos mirando ao longo do sulco que o contramestre havia queimado no centro do picadeiro, passamos ao arranjo do entalhe e do gatilho. O primeiro sustentaria as cordas assim que a arma estivesse ajustada e o gatilho (uma tábua parafusada frouxamente na lateral, embaixo do entalhe) as empurraria para cima, movendo-as de lugar quando desejássemos descarregar o arco. Essa parte do trabalho foi rápida, e logo tudo ficou pronto para o primeiro lançamento. Começamos a preparar os arcos, curvando o primeiro da fila, embaixo, em seguida os de cima, até que todos estivessem ajustados; depois, colocamos a flecha com muito cuidado no sulco. Então peguei dois pedaços de fio para atar as cordas em cada extremidade do entalhe, garantindo assim que todas agissem em conjunto ao empurrar a flecha. Quando tudo estava pronto para o lançamento, coloquei o pé no gatilho e, pedindo que o contramestre observasse cuidadosamente a trajetória da flecha, empurrei-o para baixo. No instante seguinte, com um forte e vibrante ruído, e um estremecimento que fez o grande picadeiro balançar em seu leito de rochas, o instrumento liberou sua tensão mínima, lançando a flecha adiante e para o alto, formando um vasto arco. Imaginem nosso imenso interesse ao observar o voo da flecha e, em um minuto, descobrir que tínhamos mirado muito à direita, pois a flecha acertou em cheio a alga marinha que circundava o navio, *atrás* dele. Com isso, quase explodi de orgulho e alegria, e os homens que vieram testemunhar a experiência festejaram meu sucesso com gritos de contentamento, enquanto o contramestre me brindava com dois tapas no ombro, demonstrando respeito e gritando tão alto quanto os outros.

Pelo visto, bastava acertar a mira do arco e o resgate dos passageiros do navio seria apenas questão de um ou dois dias; pois, fazendo chegar a corda até a embarcação, enviaríamos por meio dela uma corda fina e, com esta, uma mais grossa, que deixaríamos o mais esticada possível. Em seguida, poderíamos trazer as pessoas do navio até a ilha utilizando um assento com roldana, que correria de um lado a outro ao longo da linha de apoio.

Ao perceber que o arco chegaria de fato até o navio encalhado, nós nos apressamos em testar a segunda flecha e, ao mesmo tempo, mandamos que os homens voltassem a trabalhar na corda, pois precisaríamos dela muito em breve. Pouco depois, tendo apontado o instrumento mais à esquerda, desatei as cordas para curvar os arcos um por um e ajustei novamente a grande arma. Vendo que a flecha estava posicionada bem no sulco, voltei a amarrar as cordas e imediatamente disparei. Dessa vez, para meu grande prazer e orgulho, a flecha voou com surpreendente linearidade até a embarcação e, passando pela enorme estrutura, desapareceu da nossa vista, enquanto caía do outro lado. Com isso, não via a hora de lançar a corda ao navio antes do almoço; mas os homens ainda não tinham trançado o suficiente, apenas quatrocentos e cinquenta braças (que o contramestre mediu esticando a corda sobre os braços e o peito). Sendo assim, almoçamos apressadamente e depois trabalhamos na corda. Em cerca de uma hora, tínhamos o bastante, pois não seria sensato tentar com menos de quinhentas braças.

Ao ver uma quantidade suficiente, o contramestre mandou um dos homens desbastar a corda cuidadosamente sobre a rocha ao lado do arco, enquanto ele testava as partes do engenho que considerava um tanto imperfeitas e, por fim, estava tudo pronto. Então, ajustei-a na flecha e, como já tinha preparado o arco enquanto os homens desbastavam a corda, fiquei a postos para disparála imediatamente.

Durante toda a manhã, um homem da embarcação tinha nos observado com uma luneta, a cabeça assomando logo acima da borda da enorme estrutura e, ao perceber nossas intenções (pois assistira aos lançamentos anteriores), acenou com a luneta em resposta e desapareceu da nossa vista quando o contramestre sinalizou que estávamos preparando uma terceira tentativa. Então, após verificar que ninguém segurava a corda, pressionei o gatilho, coração disparado, e a flecha voou em seguida. Contudo, devido ao peso da corda, a flecha não apresentou uma trajetória tão boa, caindo no trecho de alga, a cerca de duzentas jardas do navio. Quase chorei de raiva e frustração.

Logo após o fracasso do meu disparo, o contramestre mandou os homens puxarem a corda com muito cuidado, para ela não se partir caso a flecha enganchasse na alga marinha; então, aproximou-se de mim e propôs que fizéssemos imediatamente uma flecha mais pesada, sugerindo que a leveza do projétil havia causado a falha. Com isso, me senti novamente esperançoso e, sem hesitar, dediquei-me a preparar uma nova flecha; enquanto o contramestre fazia o mesmo; embora ele pretendesse fazer uma mais leve; pois, segundo disse, como a mais pesada não havia acertado o alvo, talvez a mais leve tivesse êxito. Senão, era porque faltava ao arco potência para lançar a corda e, nesse caso, teríamos que inventar outro método.

Cerca de duas horas depois, minha flecha estava feita. O contramestre tinha terminado a dele um pouco antes, e então (quando os homens terminaram de puxar a corda e desbastá-la até ficar pronta para ser reutilizada) nos preparamos para fazer nova tentativa. No entanto, falhamos outra vez, e por uma distância tão grande que parecia impossível pensar em triunfo. Embora parecesse inútil tentar, o contramestre insistiu em fazer uma última tentativa com a seta leve, e, pouco depois, preparamos a corda novamente e miramos no navio encalhado. Mas, de novo, tão lamentável foi nosso fracasso que pedi ao contramestre para queimar aquela coisa inútil; profundamente irritado, eu mal conseguia falar com educação.

Ao perceber como me sentia, o contramestre disse que era melhor não pensar mais no navio e mandou todos descer para colher juncos e algas para a fogueira, pois já era quase noite. Obedecemos, embora desconsolados; pois chegamos tão perto de triunfar e agora o êxito parecia distante. Um pouco mais tarde, após juntarmos uma quantidade suficiente de combustível, o contramestre enviou dois homens para uma das saliências suspensas sobre o mar e mandou que tentassem pescar um peixe para a ceia. Então, em torno do fogo, começamos a discutir sobre como chegar até as pessoas do navio.

Durante algum tempo, não surgiu nenhuma sugestão digna de nota, até que finalmente me ocorreu uma ideia relevante e exclamei de repente que deveríamos fazer um pequeno balão com ar quente para enviar a corda por esse meio. Os homens em volta do fogo ficaram em silêncio por um instante; a ideia era nova e, além disso, precisavam entender o que eu queria dizer. Assim que compreenderam, o marinheiro que propusera fazer lanças com os juncos perguntou se uma pipa não serviria para isso. Fiquei perplexo com o fato de algo tão simples não ter ocorrido a ninguém antes; certamente, não seria difícil mandar-lhes uma corda por meio de uma pipa que, ademais, não nos custaria muito fazer.

Após breve conversa, combinamos que no dia seguinte construiríamos uma espécie de pipa com a qual mandaríamos voando uma corda para o navio, o que não deveria ser tão complicado, com a brisa boa que nos acompanhava continuamente.

Assim, jantamos um delicioso peixe que os dois pescadores haviam fisgado enquanto conversávamos, o contramestre definiu as vigílias e os homens foram dormir.

Os habitantes das algas

Naquela noite, quando chegou o meu turno, descobri que não havia lua e, exceto pela luz da fogueira, o cume da colina estava às escuras; contudo, isso não me preocupou; pois não tínhamos sido atacados desde a queima de fungos no vale e, dessa forma, eu perdera boa parte do terror que me atormentava após a morte de Job. Porém, apesar de não estar tão assustado como antes, tomei as precauções necessárias: alimentei a fogueira até as chamas alcançarem uma altura considerável, depois peguei minha espada reta e circulei pelo acampamento. Aproximei-me da beira dos rochedos que nos protegiam dos três lados e ali fiquei, imóvel, fitando a escuridão. Também me pus a escutar atentamente; embora de nada adiantasse, devido à força do vento que rugia o tempo todo em meus ouvidos. No entanto, mesmo sem ter visto nem ouvido nada, fui tomado por uma estranha inquietação que me fez voltar duas ou três vezes à beira dos penhascos; mas continuava sem ver nem ouvir nada que justificasse minha apreensão. Por fim, determinado a não ceder a ideias fantasiosas, evitei a margem das rochas, permanecendo na parte que dominava o declive por onde tínhamos subido e descido, em percursos a outros cantos da ilha.

Então, quase na metade do turno, chegou a meus ouvidos, da imensidão de algas marinhas, a sotavento, um ruído distante, que aumentou cada vez mais até se converter em gritos e guinchos aterradores, que logo se perderam à distância em estranhos soluços, até culminarem em uma nota mais baixa que o som do vento. Claro, fiquei um pouco abalado ao escutar barulho tão terrível vindo de tamanha desolação, mas então, de repente, ocorreu-me que os gritos vinham do navio a sotavento. Corri imediatamente até a beira do penhasco que dava para as algas e fitei a escuridão; percebi, pela luz que ardia na embarcação, que os gritos tinham vindo de longe, de algum lugar à direita. Meu bom senso também me assegurou que, de maneira alguma, com o vento forte que soprava naquele instante, seria possível que os passageiros do navio tivessem feito suas vozes chegarem até mim.

Durante algum tempo, fiquei refletindo nervosamente, fitando o negrume da noite. Pouco depois, percebi um brilho opaco sobre o horizonte e logo pude divisar o canto superior da lua. Foi uma visão muito bem-vinda, pois estava prestes a chamar o contramestre para falar do tal som, mas hesitava, temendo parecer tolo se não fosse nada. Enquanto assistia a lua subir aos céus, ouvi novamente o prelúdio daquele grito, semelhante a uma mulher chorando em voz alta, que aumentou e ficou mais forte até cortar o rugido do vento com assombrosa clareza. E então, lentamente e parecendo ecoar repetidas vezes, perdeu-se à distância. De novo, nada mais ouvi, a não ser o vento.

Após olhar fixamente na direção do som, corri para a tenda e despertei o contramestre; não sabia o que o ruído poderia pressagiar, e o segundo grito me fez perder todo o acanhamento. Antes que eu terminasse de sacudi-lo, o contramestre levantou-se, pegou o grande cutelo que mantinha sempre ao seu lado e seguiu-me rapidamente até a crista da colina. Foi quando expliquei a ele que tinha ouvido um som aterrador que parecia vir da vastidão do continente de algas e que, após a repetição, resolvi chamá-lo, temendo que aquilo significasse algum perigo iminente. Com isso, o contramestre me elogiou, mas também me repreendeu por hesitar em chamá-lo da primeira vez. Então, seguiu-me até a beira do penhasco a sotavento e ficou ali comigo, escutando atentamente, na esperança de que o barulho recomeçasse.

Durante cerca de uma hora, ficamos ali parados, muito quietos e atentos; mas não escutamos som algum além do barulho contínuo do vento. A essa altura, um tanto impaciente com a espera, e estando a lua no alto, o contramestre acenou para que fizéssemos a ronda pelo acampamento. No instante em que me virei e olhei por acaso para a água clara, fiquei atônito ao ver uma infinidade de gigantescos peixes, como os que eu vira na noite anterior, nadando do continente de algas em direção à ilha. Com isso, aproximei-me da borda, pois nadavam tão rápido que esperei vê-los em breve perto da costa. No entanto, não pude divisar nenhum; todos desapareceram em um ponto a cerca de trinta jardas de distância da praia. Surpreso com a grande quantidade de peixes, sua estranheza e a maneira pela qual nadaram rapidamente, sem jamais chegar à costa, chamei o contramestre, que tinha se afastado alguns passos. Ao me ouvir, ele voltou correndo; então apontei para o mar. Ele inclinou-se e olhou com atenção, enquanto eu fazia o mesmo; ainda assim, nenhum de nós conseguiu descobrir o significado daquela exibição, e simplesmente ficamos observando os peixes com interesse.

Pouco depois, ele virou-se, dizendo que tínhamos feito mal em contemplar aquela curiosa visão quando deveríamos cuidar do bem-estar do acampamento. Então começamos a fazer a ronda pelo alto da colina. O problema foi que, enquanto ficamos ali parados, observando e escutando, deixamos o fogo se extinguir perigosamente e, assim, não havia luz suficiente para iluminar o acampamento, embora a lua estivesse alta. Por isso, avancei para jogar um pouco de combustível na fogueira e, enquanto me movia, tive a impressão de ver algo se mexendo na sombra da tenda. Corri até lá, gritando e brandindo minha espada reta; mas, sem encontrar nada, senti-me um pouco tolo e virei-me para alimentar a fogueira.

Enquanto isso, o contramestre correu até mim para saber o que eu tinha visto e, no mesmo instante, três marinheiros saíram da tenda, acordados por meu grito repentino. Mas eu não tinha nada a dizer a eles, exceto que minha imaginação havia me pregado uma peça e mostrado algo que meus olhos não conseguiram ver e, com isso, dois dos homens voltaram a dormir; porém o terceiro, o sujeito corpulento a quem o contramestre dera o outro cutelo, veio conosco trazendo sua arma, e, embora em silêncio, pareceu ter captado algo de nossa inquietação; quanto a mim, achei bom contar com ele.

Pouco depois, chegamos à parte da colina sobre o vale, e fui até a beira do penhasco com intenção de espiar lá embaixo, pois sentia um fascínio profano por aquele lugar. No entanto, logo que olhei, tive um sobressalto e corri até o contramestre, puxando-o pela manga. Ao perceber minha agitação, ele acompanhou-me em silêncio para ver o porquê de tanta excitação. Quando olhou para baixo, também ficou estarrecido e recuou; então, com muita cautela, inclinou-se mais uma vez e olhou novamente. Com isso, o grande marinheiro surgiu por trás, na ponta dos pés e abaixou-se para ver o que tínhamos descoberto. Assim, nós três deparamos com uma visão sobrenatural: o vale inteiro pululava de criaturas pálidas ao luar, de aspecto doentio, movimentando-se tais quais lesmas monstruosas, apesar de não guardarem nenhuma semelhança com elas; muito pelo contrário, lembravam seres humanos nus e muito roliços, que se arrastavam pelo chão com rapidez espantosa. E então, olhando por cima do ombro do contramestre, percebi que aquelas coisas horrendas irrompiam daquele charco em forma de poço no fundo do vale. De repente, lembrei-me da miríade de peixes estranhos que tínhamos visto nadando em direção à ilha, mas que desaparecera antes de chegar à costa, e não tive dúvida de que tinham entrado no poço através de uma passagem natural submarina que apenas eles conheciam. Foi assim que compreendi por que na noite anterior pensei ter visto tentáculos ondulando; pois essas criaturas pareciam ter, cada uma, dois braços curtos e atarracados, cujas extremidades eram divididas em odiosos e recurvados conjuntos de pequenos tentáculos que deslizavam para cá e para lá enquanto elas se moviam no fundo do vale. Nas extremidades inferiores, onde deveriam ter pés, havia outros cachos tremulantes; embora não possa afirmar que vi aquilo com clareza, pois estava escuro.

 É quase impossível expressar a extraordinária repulsa que a visão dessas lesmas humanas provocara em mim; mesmo se eu pudesse, não o faria, pois outros sentiriam a mesma ânsia de vômito que me acometeu, a náusea que brotou sem aviso, nascida do mais puro horror. E então, subitamente, enquanto observava as criaturas, cheio de repugnância, vi a meus pés, a não mais que uma braça, um rosto semelhante ao que me encarara na noite em que navegávamos junto ao continente de algas. Talvez eu houvesse gritado se estivesse menos aterrorizado; mas os enormes olhos, grandes como moedas de uma coroa, o bico curvo semelhante ao de um papagaio e a ondulação de lesma do corpo branco e viscoso, deixaram-me paralisado, como alguém mortalmente atingido. E enquanto permaneci ali, com o corpo indefeso, dobrado e rígido, o contramestre gritou uma poderosa imprecação em meu ouvido e, inclinando-se para a frente, golpeou a coisa com o seu cutelo; pois, no instante em que a vi, ela subiu ainda mais rápido, avançando mais do que uma jarda. A atitude do contramestre fez-me recobrar subitamente o juízo, e com isso empurrei-a para baixo com tanto vigor que o cadáver da fera quase me levou com ele. Perdi o equilíbrio por um instante e cambaleei à beira do penhasco, quase passando para a eternidade; mas o contramestre agarrou-me pelo cós da calça e trouxe-me de volta; porém, enquanto lutava para me equilibrar, descobri que a face do penhasco estava praticamente tomada pelas criaturas que vinham ao nosso encontro, então me voltei para o contramestre e gritei que havia milhares delas subindo a encosta. No entanto, ele já tinha se afastado e corria em direção à fogueira. Aos gritos, mandou que os homens na tenda viessem nos acudir, se tivessem amor à própria vida, e voltou correndo com uma grande braçada de algas, seguido pelo marinheiro corpulento, que carregava uma tocha ardente. E assim, em poucos instantes, preparamos um verdadeiro fogaréu, enquanto os homens traziam mais alga; graças a Deus, havia um bom estoque no cimo da colina.

Tínhamos acabado de acender a fogueira quando o contramestre mandou o marinheiro robusto acender outra ao longo da borda do penhasco. No mesmo instante, gritei e corri para a parte da colina que dava para o mar aberto; pois tinha visto uma série de criaturas se movendo na beira do penhasco voltado para o oceano. Estava bastante escuro por causa de grandes massas de rocha que estavam espalhadas naquela área da colina e bloqueavam tanto a luz da lua quanto das fogueiras. Ali deparei, de súbito, com três grandes formas se movendo furtivamente em direção ao acampamento e, atrás delas, percebi que havia outras. Então gritei alto, pedindo socorro e investindo contra elas. Enquanto as atacava, elas se levantaram contra mim, revelando-se muito maiores do que eu, dotadas de infames tentáculos que se estendiam na minha direção. Então, fui atingido e arquejei, nauseado com o repentino e conhecido fedor. A seguir, algo se agarrou a mim, viscoso e repugnante, e grandes mandíbulas abriram-se diante do meu rosto. Contudo, dei uma estocada para cima e a coisa me soltou, deixando-me tonto e enjoado, mas ainda capaz de golpear fracamente. Então, atrás de mim ouvi o som de passos correndo e uma súbita chama iluminou o local. O contramestre gritou palavras de encorajamento e, rapidamente, ele e o marinheiro corpulento lançaram-se na minha frente, brandindo grandes massas de algas secas ardentes, presas à ponta de uma vara comprida de junco. Imediatamente as criaturas foram embora, deslizando rápido pela beira do penhasco.

No instante seguinte, já me sentia melhor e consegui limpar o limo que as garras do monstro deixaram na minha garganta; depois corri de fogueira a fogueira para alimentá-las com algas. E assim, por algum tempo, ficamos seguros; pois a essa altura, havia fogueiras espalhadas por todo o cume da colina. Os monstros tinham pavor mortal de fogo, caso contrário, teríamos todos morrido naquela noite.

Pouco antes do amanhecer, descobrimos pela segunda vez, desde que estávamos naquela ilha, que o combustível não duraria a noite toda, devido à frequência com que tivemos que queimá-lo. O contramestre mandou os homens apagar metade das fogueiras. Assim adiamos o momento em que teríamos de enfrentar a completa escuridão e as criaturas que, naquele momento, o fogo mantinha longe de nós. Por fim, acabaram as algas e os juncos, e o contramestre nos chamou para vigiar as bordas do penhasco com atenção e atacar qualquer coisa que aparecesse; mas disse que, se ouvíssemos o seu chamado, deveríamos nos reunir em volta da fogueira central para um último esforço de resistência. Depois disso, amaldiçoou a lua que se escondera atrás de um grande bloco de nuvens. A verdade é que a escuridão se aprofundava à medida que as fogueiras se extinguiam. Então ouvi um homem praguejar na parte da colina que dava para o continente de algas; seu grito veio até mim através do vento. O contramestre gritou para que tomássemos muito cuidado e, logo após, golpeei algo que brotou silenciosamente da borda do penhasco oposto ao que eu montava guarda.

Cerca de um minuto depois, irromperam gritos de todas as partes do cimo da colina e eu soube que as criaturas estavam nos atacando novamente. No mesmo instante, da borda perto de mim surgiram duas, erguendo-se com um silêncio fantasmagórico, ainda que agilmente. Espetei a primeira em algum lugar na garganta e ela caiu para trás; mas a segunda, embora eu a tenha trespassado, agarrou minha lâmina com um cacho de tentáculos e arrebatou-a de mim; eu a chutei no rosto e, creio que mais espantada do que ferida, ela soltou minha espada e imediatamente sumiu de vista. Tudo isso aconteceu em não mais do que dez segundos; logo percebi que havia mais quatro se aproximando pela direita e, ao vê-las, pareceu-me que nossa morte era iminente, pois eu não sabia como lidaríamos com criaturas tão numerosas, que chegavam com tanta ousadia e rapidez. Ainda assim, não hesitei e corri diretamente até elas, dessa vez sem espetá-las, e sim golpeando-as no rosto, tática mais eficaz; pois, dessa forma, eliminei três criaturas com três golpes. A quarta, porém, surgiu da beira do penhasco e ergueu-se sobre mim nas partes traseiras, como as outras, quando o contramestre veio me socorrer. Recuei, apavorado; mas, escutando à minha volta os gritos do conflito e, sabendo que não poderia esperar nenhuma ajuda, avancei contra a besta. Então, quando ela se curvou e estendeu um de seus cachos de tentáculos, retrocedi com um salto, golpeei-os e imediatamente dei uma estocada na barriga da criatura. Com isso, ela desabou, contorcendo-se como uma bola branca, rolando de um lado a outro em agonia, e então, chegando à beira do penhasco, caiu. Fiquei ali parado, nauseado e quase indefeso com o fedor odioso daquelas bestas.

A essa altura, todas as fogueiras nas bordas da colina haviam se tornado montes de brasas opacas; embora a que ardesse perto da entrada da tenda ainda exibisse um bom brilho; mesmo assim, pouco nos ajudou, pois lutávamos além do círculo de seus fachos de luz para aproveitar seus benefícios. Até a lua, à qual lancei um olhar desesperado, não passava de uma forma fantasmagórica por trás de um grande bloco de nuvens. Então, ao olhar por cima do ombro esquerdo, percebi, com horror repentino, que algo havia se aproximado de mim e, no mesmo instante, senti seu mau cheiro. Aterrorizado, saltei para o lado, virando-me. Assim fui salvo no exato instante de minha destruição; pois os tentáculos já haviam encostado na minha nuca quando pulei, mas então desferi repetidas estocadas e finalmente saí vencedor.

Logo após percebi que algo cruzava o espaço escuro situado entre a opaca fogueira mais próxima e os restos do fogo mais distante do cimo da colina, e então, sem perder tempo, corri em direção à coisa e espetei-a duas vezes na cabeça antes que se erguesse sobre as partes traseiras, cuja posição eu havia aprendido a temer. No entanto, tão logo a matei, cerca de uma dúzia de outras investiu contra mim; elas haviam escalado silenciosamente a borda do penhasco enquanto eu atacava a outra criatura. Esquivei-me e corri loucamente em direção ao monte brilhante do fogo mais próximo, com as feras seguindo-me com igual rapidez; mas cheguei à fogueira primeiro, e então, tive uma ideia: mergulhei minha espada reta no fogo quase extinto e lancei uma grande chuva de brasas nelas. Com isso, tive uma visão clara e momentânea de muitos rostos brancos hediondos diante de mim, de mandíbulas marrons impacientes, cujos bicos se abriam e fechavam freneticamente, e de tentáculos sinuosos que, apinhados, contorciam-se com agitação. Mas a escuridão voltou; imediatamente lancei outra e mais outra chuva de brasas incandescentes na direção delas, que logo recuaram e sumiram. Então percebi que, ao longo da crista da colina, havia brasas de fogueira sendo espalhadas nas bordas da mesma maneira; outros recorreram a esse mesmo ardil na situação difícil em que se encontravam.

Pouco depois, tive um breve momento de respiro, pois as feras pareciam assustadas; eu tremia, no entanto, e olhava de um lado para outro, sem saber quando uma ou mais delas cairiam sobre mim. Fitei fervorosamente a lua, pedindo ao Todo-Poderoso que as nuvens passassem logo, caso contrário seríamos todos mortos. Enquanto orava, um súbito e terrível grito irrompeu de um dos homens; no mesmo instante, algo subiu pela borda do penhasco à minha frente e eu ataquei a coisa antes que ela pudesse avançar mais. Em meus ouvidos ainda ecoava o grito repentino que tinha vindo da parte da colina à esquerda; mesmo assim, não ousei deixar minha posição; uma vez que fazer isso seria arriscar tudo, de modo que permaneci ali, torturado pela ignorância e pelo terror.

Novamente, tive um breve momento de respiro ao perceber que nenhuma criatura voltou a surgir à direita ou à esquerda; embora outros fossem menos afortunados, como as imprecações e sons de golpes indicavam. E então, abruptamente, um outro grito de dor. Olhei novamente para a lua e orei em voz alta para que ela aparecesse e mostrasse alguma luz antes que fôssemos aniquilados; mas ela continuou oculta. Subitamente, tive uma ideia e gritei para o contramestre colocar o grande arco na fogueira central, assim teríamos uma grande labareda, uma vez que a madeira era muito boa e seca. Gritei duas vezes: "Queime o arco! Queime o arco!". E logo ele respondeu, mandando os homens se reunirem e lançarem a arma no fogo; e isso fizemos, levando o arco até a fogueira central, e então voltamos correndo aos nossos postos. Assim, em um minuto, tivemos luz, e esta aumentou quando o fogo se apoderou do grande tronco e o vento transformou-o em chamas. Virei-me para o penhasco, tentando ver se algum rosto infame aparecia na borda diante de mim, à direita ou à esquerda. No entanto, não vi nada, exceto o que pareceu um tentáculo tremulante, ligeiramente à direita; mas só por um instante.

Cerca de cinco minutos depois, ocorreu outro ataque, e nele quase perdi a vida, pois cometi a loucura de chegar perto demais da borda do penhasco. De repente, da escuridão abaixo, surgiu um amontoado de tentáculos que me agarraram pelo tornozelo esquerdo. Imediatamente caí sentado, com os dois pés sobre a borda do precipício, e somente pela graça de Deus não mergulhei de cabeça no vale. Mesmo assim, passei grande perigo; porque a fera que agarrou meu pé pôs uma grande pressão sobre ele, tentando me puxar; mas eu resisti, usando as mãos e o tronco para me sustentar. Ao descobrir que não poderia me aniquilar assim, a criatura diminuiu um pouco a pressão e mordeu minha bota, atravessando o couro e quase arrancando meu mindinho. Foi quando, percebendo que não precisava mais usar as mãos para manter minha posição, ataquei com grande fúria, enlouquecido pela dor e pelo medo mortal da criatura; ainda assim, não fiquei livre, pois dessa vez ela agarrou a lâmina da minha espada. No entanto, eu a recuperei antes que pudesse arrebatá-la por completo, e no processo talvez tenha ferido um pouco seus tentáculos; embora não possa afirmar isso, pois eles pareciam não se agarrar a nada, senão para *sugar*. Então, em um instante, por um golpe de sorte, consegui mutilá-la, de modo que ela me soltou e voltei a ter alguma segurança.

Dali por diante, ficamos livres das criaturas que nos afligiam; embora sem saber se o silêncio dos habitantes das algas pressagiava um novo ataque. Por fim, rompeu o dia; e durante todo esse tempo a lua não veio em nosso auxílio, oculta pelas nuvens que agora cobriam todo o arco do céu, fazendo com que o amanhecer tivesse um aspecto desolador.

Tão logo houve luz suficiente, examinamos o vale; mas em lugar nenhum vimos os habitantes das algas. Não! Nem mesmo uma criatura morta, pois aparentemente eles tinham levado os mortos e os feridos, por isso não conseguimos examinar os monstros à luz do dia. Contudo, mesmo sem encontrá-las, vimos nas bordas dos penhascos sangue e limo, sendo este a fonte do terrível fedor que caracterizava as feras. Por sorte, sofremos pouco com ele, pois o vento o levou para longe, a sotavento, e encheu nossos pulmões de ar fresco e saudável.

Passado o perigo, o contramestre nos chamou para a fogueira central, onde ainda ardiam os restos do grande arco, e ali descobrimos pela primeira vez que havíamos perdido um dos homens. Fizemos uma busca no cume da colina, depois pelo vale e pela ilha; mas não o encontramos.

Em comunicação

Tenho tristes lembranças da busca que fizemos no vale pelo corpo de Tompkins, o homem que perdemos. Mas antes de deixarmos o acampamento, o contramestre nos deu um trago muito forte de rum e um biscoito, e depois descemos rapidamente, cada homem com sua arma. Quando chegamos à praia, ele nos conduziu ao longo da base da colina, onde os precipícios desciam para a parte mais suave do vale, e fizemos uma busca cuidadosa, na esperança de que ele houvesse caído morto ou ferido por ali. Mas não foi o caso e, depois disso, descemos até a boca do grande poço, e lá descobrimos que a lama em torno estava repleta de uma infinidade de rastros. Além destes e do limo, muitos vestígios de sangue; mas nenhum sinal de Tompkins. Após procurar pelo vale, chegamos ao trecho que se espalhava pela costa mais próxima do grande continente de algas; mas nada descobrimos até chegar ao sopé da colina envolto pelo mar. Subi em uma saliência (onde os homens haviam pescado) pensando que, se Tompkins houvesse caído lá de cima, poderia estar na água, talvez a dez ou vinte pés de profundidade; mas, por algum tempo, não vi nada. Subitamente, descobri que lá no mar havia algo branco, à minha esquerda, e, com isso, escalei ainda mais alto, ao longo da saliência.

Notei o que havia chamado minha atenção: era o cadáver de um dos habitantes das algas. Tive apenas vagos vislumbres dele, toda vez que a superfície da água se acalmava. Parecia estar deitado, curvado sobre o lado direito e, como prova de que estava morto, vi que uma enorme ferida quase arrancara sua cabeça. Então, depois de mais uma olhada, voltei e contei o que tinha visto. A essa altura, convencidos de que Tompkins estava morto, interrompemos a busca; mas, antes de deixarmos o local, o contramestre escalou a rocha para ter uma visão da criatura morta e os outros marinheiros o seguiram, curiosos para ver que espécie de fera havia nos atacado à noite. Em seguida, tendo visto o máximo da criatura que a água permitia, voltamos à praia; depois, fomos para o lado oposto da ilha e, então, até o bote para ver se havia sido danificado; mas, por sorte, estava intocado. Pudemos ver, porém, que as criaturas haviam passado por lá pelas marcas gosmentas na areia e pelo estranho rastro que tinham deixado na superfície macia. Foi quando um dos homens gritou que havia algo no túmulo de Job, que, como se recordam, foi feito na areia, a alguma distância do local em que montamos o primeiro acampamento. Com isso, olhamos para lá e vimos que ele tinha sido profanado, então corremos sem saber o que temer e descobrimos que estava vazio. Os monstros haviam cavado até encontrar o corpo do pobre rapaz, e dele não havia sinal. O horror que sentíamos pelos habitantes das algas só fez aumentar; pois constatamos que eram demônios sórdidos, não permitindo sequer um cadáver descansar na sepultura.

Depois disso, o contramestre nos levou de volta ao topo da colina e ali examinou nossas feridas; pois no combate noturno um homem perdera dois dedos; outro foi mordido selvagemente no braço esquerdo; e um terceiro teve a pele do rosto reduzida a pústulas, onde uma das criaturas havia fixado os tentáculos. Esses ferimentos foram relegados devido à tensão da luta e, depois, à descoberta de que Tompkins desaparecera. Mas nesse instante o contramestre dedicou-se a eles, lavando-os e fazendo curativos com o pouco de estopa que restou, atando-os com tiras arrancadas do rolo de linho sobressalente, que estava no armário do barco.

Quanto a mim, ao aproveitar para examinar o dedo do pé ferido, que estava me fazendo mancar, descobri que havia sofrido menos do que esperava; pois o osso não fora arrancado, apesar de exposto. Mas, quando limpei o ferimento, não senti tanta dor; embora não tenha conseguido calçar as botas, de modo que amarrei um pedaço de lona no machucado até ele sarar.

Por fim, com as feridas tratadas, o que levou certo tempo, já que todos tínhamos algum dano, o contramestre recomendou que o homem dos dedos arrancados fosse se deitar na tenda e disse o mesmo ao que tinha sido mordido no braço. Em seguida, mandou-nos descer com ele e pegar combustível; pois a noite passada tinha mostrado como nossas vidas dependiam daquilo; e então, durante a manhã, transportamos algas e juncos para o alto do monte e só paramos para descansar ao meio-dia, quando o contramestre nos deu mais um trago de rum e mandou um dos homens preparar o jantar. Também perguntou se Jessop (aquele que propôs soltar uma pipa sobre a embarcação em meio às algas) sabia fabricar tal dispositivo. O sujeito riu e disse que faria uma pipa muito forte, que voaria alto e sem rabiola. O contramestre mandou então que ele começasse sem demora, para que pudéssemos salvar logo as pessoas do navio e fugir a toda pressa daquela ilha, um ninho de demônios.

Ao escutar o homem dizer que a pipa voaria sem rabiola, fiquei curioso. Nunca tinha visto nada igual, nem ouvido falar que fosse possível. No entanto, ele não falara da boca para fora. Primeiro, pegou dois juncos e cortou-os com cerca de seis pés; depois, amarrou-os pelo meio para que formassem uma cruz de santo André. Então, fez mais duas cruzes pegou mais quatro juncos com cerca de doze pés de comprimento e mandou que os mantivéssemos de pé, como um quadrado, de modo a formar quatro cantos. Em seguida, pegou uma das cruzes, e colocou-a no quadrado, de forma que as quatro extremidades encostassem nos quatro pilares e, nessa posição, amarrou-a. Logo depois, pegou a segunda cruz e amarrou-a no meio, entre o topo e a parte inferior dos pilares; em seguida, atou a terceira na parte superior, de maneira que as três passaram a atuar como extensoras e mantiveram os quatro juncos mais compridos em seus lugares, como se fossem colunas de uma pequena torre quadrada. Nesse instante, o contramestre nos chamou para almoçar; depois, tivemos uma pausa para fumar e, enquanto descansávamos, o sol saiu, o que ainda não tinha acontecido e nos deixou mais animados; pois o dia estivera nublado e estávamos bastante abatidos com a perda de Tompkins, nossos medos e ferimentos. Porém, como disse, ficamos mais alegres e entusiasmados com a finalização da pipa.

De repente, ocorreu ao contramestre que não tínhamos feito nenhuma provisão de corda para empinar a pipa, então ele chamou o homem para saber quanto seria preciso. Quando Jessop respondeu que talvez uma gaxeta de dez cordas bastasse, eu, o contramestre e mais dois marinheiros fomos até o mastro destroçado na praia mais distante e dele retiramos tudo o que havia sobrado das enxárcias. Após levá-las ao cimo da colina, nós a desembaraçamos e começamos a preparar a gaxeta utilizando dez fios, mas trançando-a de dois em dois, o que foi mais rápido do que fazer fio a fio.

Enquanto trabalhávamos, olhei ocasionalmente para Jessop e vi que ele havia costurado uma faixa de linho em volta de cada extremidade da estrutura. Elas pareciam ter cerca de quatro pés de largura e deixavam um espaço livre entre as duas extremidades, o que me lembrou um teatro de marionetes, embora a abertura não estivesse onde deveria estar e fosse demasiado grande. Depois disso, ele atou o cabresto a dois dos pilares com um pedaço de corda de cânhamo que encontrou na tenda e anunciou ao contramestre que a pipa estava pronta. Com isso, o contramestre foi examiná-la, seguido pelos outros marinheiros. Ninguém jamais vira algo semelhante e, se não me engano, poucos de nós tinham fé de que aquilo voaria, de tão grande e desajeitada. Creio que Jessop captou nossos pensamentos, pois, chamando um de nós para segurar a pipa a fim de que ela não saísse voando, entrou na tenda e trouxe o restante da linha de cânhamo com a qual fabricara o cabresto. Feito isso, atou-a à linha e, colocando a ponta em nossas mãos, mandou que recuássemos até esticar a sobra, enquanto ele firmava a pipa. Quando fizemos isso, ele gritou para segurarmos bem a linha e, abaixando-se, pegou a pipa por baixo e lançou-a no ar. E então, para nosso espanto, após voar um pouco de lado, ela se estabilizou e subiu aos céus como um pássaro.

Ficamos atônitos; parecia um milagre ver uma coisa tão pesada voar com tanta graça e persistência. Além disso, foi uma surpresa constatar o vigor com que ela puxou a corda e, não fosse o aviso de Jessop, a teríamos deixado escapar.

Uma vez comprovada a eficácia, o contramestre mandou que a trouxéssemos de volta, o que fizemos com dificuldade devido ao seu tamanho e à força do vento. Assim que ela pousou no topo do monte, Jessop amarrou-a bem a uma grande pedra e, depois, com a nossa aprovação, pôs-se a preparar a gaxeta conosco.

Com a noite se aproximando, o contramestre mandou acender fogueiras no alto do monte. Após acenar e dar boa-noite às pessoas do navio, jantamos e nos deitamos para fumar, depois voltamos a trançar os fios, pois tínhamos muita pressa. Mais tarde, com a escuridão sobre a ilha, o contramestre determinou que alimentássemos a fogueira central com algas secas e puséssemos fogo nos montes de algas que havíamos empilhado para isso pelas bordas do monte; e, em poucos minutos, o topo inteiro brilhava festivamente. Em seguida, pôs dois homens para vigiar e cuidar das fogueiras e mandou o resto voltar a trançar os fios, mantendo-nos nessa ocupação até por volta das dez horas, quando então organizou a guarda, ordenando que dois homens por vez mantivessem a vigília durante toda a noite. Os demais deveriam dormir assim que ele desse mais uma olhada em nossas feridas.

Quando chegou a minha vez de vigiar, descobri que fora escolhido para acompanhar o marinheiro grandalhão, o que não me desagradou, pois ele era um sujeito excelente e um camarada muito útil de se ter por perto, no caso de imprevisto. No entanto, ficamos felizes quando a noite passou sem nenhum problema e finalmente amanheceu.

Após o desjejum, o contramestre nos mandou descer para pegar mais combustível; pois sabia que a nossa imunidade a ataques dependia de um bom suprimento de algas secas. Até o fim da manhã, nos ocupamos de coletar algas marinhas e juncos para as fogueiras. Com o bastante para a noite, ele determinou que trabalhássemos novamente na gaxeta e assim foi até o almoço, após o qual voltamos a trançar os fios. Contudo, estava claro que levaríamos vários dias para fazer uma corda adequada e, por isso, o contramestre pensou em um jeito de acelerar a produção. Após refletir um pouco, ele trouxe da tenda um pedaço comprido de corda de cânhamo usado para amarrar o bote à âncora e começamos a destrançá-lo até separar os três fios. Então, uniu-os e obteve uma corda muito grosseira, com cerca de cento e oitenta braças de comprimento. Embora tosca, ele a considerou forte, e assim havia menos corda para trançar.

Pouco depois, fomos preparar o almoço e pelo resto do dia continuamos trançando os fios sem cessar. Logo, com o trabalho da véspera, tínhamos quase duzentas braças quando o contramestre nos chamou para comer. Portanto, somando tudo, incluindo o pedaço de corda de cânhamo com o qual o cabresto foi feito, totalizamos cerca de quatrocentas braças do comprimento necessário para o nosso intento de quinhentas.

Após acender todas as fogueiras e jantar, continuamos a trabalhar na trança até o contramestre definir os turnos de vigília; depois nos acomodamos para dormir, não sem que o contramestre cuidasse de nossas feridas. Nessa noite, como na anterior, não houve problemas; e, quando o dia chegou, tomamos o desjejum e fomos coletar combustível. Depois, passamos o resto do dia trançando a corda, de modo que, quando anoiteceu, já tínhamos o suficiente, fato que o contramestre celebrou com um animador trago de rum. Ceamos, acendemos as fogueiras e tivemos uma noite sossegada. Como nas anteriores, o contramestre cuidou de nossas feridas e nos preparamos para dormir. Nessa ocasião, ele deixou o homem que perdeu os dedos e aquele que foi mordido gravemente no braço cumprir seus primeiros turnos de guarda desde a noite do ataque.

Quando a manhã chegou, estávamos ansiosos para soltar a pipa; pois nos pareceu plausível fazer o resgate das pessoas no navio antes do anoitecer. Pensando nisso, sentimos uma excitação agradável; ainda assim, o contramestre insistiu que reuníssemos o suprimento usual de combustível antes de encostar na pipa, e essa ordem, embora sensata, nos deixou irritados, devido a nossa ânsia de iniciar o resgate. Mas, por fim, a tarefa foi cumprida e conseguimos deixar a linha pronta, testando os nós e constatando que estava tudo pronto. No entanto, antes de lançá-la, o contramestre desceu conosco até a praia distante para pegar as pernas do sobrejoanete e do mastaréu que ainda continuavam presas ao mastro principal e, quando as levamos até o cume do monte, ele colocou as extremidades sobre duas rochas e empilhou uma boa quantidade de pedra ao redor, deixando o centro livre. Passou a linha da pipa em volta deles duas ou três vezes e entregou a ponta a Jessop para amarrá-la no cabresto da pipa. Estava tudo pronto para empiná-la até o navio encalhado.

Sem mais nada a fazer, nos reunimos para assistir; então, o contramestre deu o sinal e Jessop soltou-a no ar. Impulsionada pelo vento, a pipa elevou-se com tamanha força e precisão que o contramestre mal teve tempo de soltá-la com suficiente rapidez. Mas, antes que fosse solta, Jessop amarrou à extremidade dianteira do engenho uma grande quantidade de barbante, de modo que as pessoas do navio pudessem pegá-lo enquanto ela passasse por cima deles. E assim, ansiosos para testemunhar se a receberiam sem dificuldade, corremos até a borda da colina para observar. Em cinco minutos, vimos as pessoas do navio acenarem para que parássemos de soltar a corda; logo depois, a pipa desceu rapidamente, então soubemos que eles tinham pegado o barbante e a estavam puxando. Com isso, soltamos exclamações de alegria e nos sentamos para fumar, esperando até que eles tivessem lido as instruções que escrevemos na pipa.

Cerca de meia hora depois, eles sinalizaram para que puxássemos a linha, o que fizemos sem demora e, assim, após um bom tempo, recolhemos toda a nossa linha grosseira e chegamos ao fim da deles, que se revelou uma bela corda de cânhamo de três polegadas, nova e de excelente qualidade; embora não esperássemos que ela fosse suportar a tensão necessária para tirar do caminho uma quantidade tão grande de alga e trazer as pessoas do navio em segurança até a praia. Então, resolvemos esperar um pouco. Logo eles sinalizaram novamente para recolhermos a linha, o que fizemos, e descobrimos que haviam amarrado uma corda muito maior ao laço do cânhamo, tendo apenas utilizado este último para transportar a corda mais grossa até a ilha. Após puxar com extremo esforço, conseguimos fazer a ponta maior chegar até o topo do monte e descobrimos tratar-se de uma corda bastante sólida, com cerca de quatro polegadas de diâmetro, delicadamente trançada com fios finos, muito resistente e bem fiada, o que nos deixou (com razão) satisfeitos.

No final da corda grande, eles haviam amarrado uma carta dentro de um saco de oleado, e nela expressaram sua gratidão por meio de palavras calorosas; na sequência, estabeleceram um breve código de sinais para trocarmos informações e sermos capazes de nos entender sobre outros assuntos e, no final, perguntaram se gostaríamos que enviassem alguma provisão; pois, como explicaram, demoraria certo tempo até tensionar a corda o bastante, preparar o meio de transporte e deixá-lo a postos. Ao ler a carta, pedimos que o contramestre perguntasse se não poderiam nos mandar um pouco de pão fresco; e a isso ele acrescentou gaze, ataduras e unguentos para nossas feridas. Ele mandou que eu escrevesse em uma grande folha de junco e, no final, disse-me para perguntar se queriam água potável. Escrevi tudo isso com uma lasca afiada de junco, talhando as palavras na superfície da folha. Quando terminei, entreguei a folha ao contramestre, que a encerrou na bolsa de oleado e deu sinal para as pessoas do navio puxarem a linha menor, o que foi feito.

Pouco depois, sinalizaram para puxarmos novamente, e então, quando já tínhamos recolhido uma grande extensão da linha, chegamos ao pequeno saco de oleado, onde encontramos gaze, curativos, unguentos e uma carta, na qual diziam que estavam assando pão e nos enviariam um pouco assim que saísse do forno.

Além da carta e dos apetrechos para curar nossas feridas, eles haviam incluído um pacote de papel com folhas soltas, algumas penas e um tinteiro. No final, também suplicavam que mandássemos notícias do mundo exterior; pois estavam encerrados naquele estranho continente de algas havia mais de sete anos. Contaram-nos, então, que estavam na embarcação doze pessoas, sendo três mulheres, uma das quais a esposa do capitão, morto após o navio encalhar na alga marinha, juntamente com mais da metade da tripulação, atacada por diabos marinhos gigantes quando tentava libertar o navio da alga. Depois, os que sobraram construíram a enorme estrutura como uma forma de proteção contra os diabos marinhos e os *homens demônios,* como os chamavam; e até que fosse construída, não houve segurança no convés, nem de dia, nem de noite.

À nossa pergunta sobre a água, as pessoas responderam que ainda tinham o suficiente e também muitas provisões; pois o navio zarpara de Londres com uma carga diversificada, de maneira que havia grande quantidade de alimentos variados. Ficamos satisfeitos com essa notícia, sem mais nos preocupar com a escassez de víveres, e, por isso, na carta que escrevi na tenda, declarei que quase não tínhamos provisões, o que me fez pensar que eles acrescentariam alguma coisa ao pão quando estivesse pronto. Depois, narrei os principais eventos que, ao que me lembrava, haviam ocorrido nos últimos sete anos, seguidos por um breve relato de nossas próprias aventuras, contando-lhes também sobre o ataque que havíamos sofrido dos habitantes das algas e fazendo-lhes perguntas suscitadas pela minha curiosidade e pelo meu espanto.

Enquanto escrevia, sentado na entrada da tenda, observei como, de tempos em tempos, o contramestre e os homens ocupavam-se de passar a ponta da grande corda em torno de uma imensa rocha, situada a cerca de dez braças da beira do penhasco que dava para o navio. O contramestre envolvera a corda em pedaços de lona, a fim de protegê-la das partes afiadas da pedra. Quando terminei de escrever, a corda estava bem atada e preservada na parte que encostava na borda do penhasco, pois eles a tinham envolto em um material que protegia contra o atrito.

Pois bem, após terminar a carta, saí para entregá-la ao contramestre; mas, antes de colocá-la no saco de oleado, ele pediu que eu acrescentasse uma nota dizendo que a corda grande estava bem presa e que podiam puxá-la quando quisessem. Depois disso, despachamos a carta por meio da corda fina, que os homens no navio puxaram assim que perceberam nossos sinais.

A essa altura, a tarde chegava ao fim e o contramestre nos chamou para comer algo, deixando um homem para observar o navio, caso eles sinalizassem; pois tínhamos perdido o jantar devido à empolgação do dia e começávamos a sentir falta dele. Então, no meio da refeição, o homem que estava de vigia gritou que estavam sinalizando do navio, e, com isso, corremos para ver o que queriam. Pelo código estipulado, descobrimos que esperavam que recolhêssemos a corda fina. Obedecemos sem demora e logo descobrimos que era algo bastante volumoso, puxado através da alga marinha. Ao vê-lo, redobramos os esforços, pensando que era o pão que haviam prometido; e, de fato, o pacote tinha sido embrulhado com muito cuidado em um longo rolo de lona encerada, enrolada em torno dos pães e da corda, e amarrada com grande precisão nas extremidades, criando assim uma forma afunilada, capaz de passar por cima da alga marinha sem enganchar-se. Quando abrimos o pacote, descobrimos que minha indireta havia surtido efeito; pois havia, além dos pães, um presunto cozido, um queijo holandês, duas garrafas de vinho do porto bem acolchoadas para não se quebrarem e quatro libras de tabaco comprimido. Diante de tantas coisas gostosas, fomos todos até a beira da colina acenar em agradecimento, e eles acenaram de volta com toda boa vontade. Depois disso, voltamos à refeição, provando os novos alimentos com apetite redobrado.

Havia outra coisa no pacote: uma carta muito bem redigida, como as anteriores, com uma caligrafia feminina, de modo que imaginei que uma das mulheres tivesse sido escolhida como escriba. Essa epístola respondeu algumas das minhas perguntas e, em particular, lembro-me de que me informou a provável causa do estranho choro que precedeu o ataque das criaturas das algas. Segundo ela, sempre que atacados, eles tinham escutado esse mesmo choro, de modo que, evidentemente, tratava-se de uma convocação ou sinalização para o ataque, embora ela não soubesse dizer como isso ocorria; pois os *demônios* das algas (como se referiam a eles) não emitiam um único som ao atacar, nem mesmo quando estavam mortalmente feridos e, de fato, posso atestar que jamais soubemos a maneira pela qual aqueles solitários soluços eram produzidos; na verdade, ninguém (nem nós, nem eles) jamais descobriu mais do que uma ínfima parte dos mistérios que aquele grande continente de algas encerrava em seu silêncio.

Também perguntei se eles sabiam por que o vento soprava insistente em uma só direção, e a mulher me respondeu que aquilo ocorria durante quase seis meses do ano, com força constante. Outra coisa que me despertou grande interesse foi saber que o navio nem sempre estivera onde o tínhamos descoberto; pois, até então, eles haviam se embrenhado tanto no continente de algas que mal podiam discernir o mar aberto do horizonte distante; mas, por vezes, viam que as algas se abriam em grandes golfos que se estendiam pelo continente por muitas milhas e, assim, a forma e as costas da alga marinha eram constantemente alteradas; em geral, devido à mudança do vento.

Muito mais eles nos contaram então e depois: como coletavam alga seca para usar como combustível e de que forma as chuvas, que caíam com grande intensidade em certos períodos, forneciam-lhes água doce; embora às vezes faltasse e eles tivessem que destilar o suficiente para suas necessidades até as próximas chuvas, o que acabaram aprendendo a fazer.

Perto do fim, vieram algumas notícias de fatos recentes, e assim soubemos que as pessoas do navio estavam reforçando o mastro de mezena, ao qual propunham prender a maior corda, passando-a por uma grande polia de ferro com trava, pelo promontório do mastro e até o cabrestante da mezena, por meio do qual, com um guincho forte, seriam capazes de esticar a linha tanto quanto necessário.

Após terminarmos a refeição, o contramestre pegou a gaze, as bandagens e o unguento que eles tinham nos enviado e passou a tratar de nossos ferimentos, começando com aquele que havia perdido os dedos, que felizmente estavam com um aspecto mais saudável. Depois, fomos todos até a beira do penhasco e mandamos o vigia voltar para o acampamento e continuar enchendo a pança; pois já tínhamos levado para ele pedaços generosos de pão, presunto e queijo enquanto vigiava, e assim não tinha passado fome.

Talvez tenha se passado quase uma hora até o contramestre me chamar, apontando que eles tinham começado a puxar a grande corda no navio, o que comprovei e passei a observar; sabia que o contramestre estava ansioso para ver se a corda ficaria livre da alga o suficiente para permitir que as pessoas fossem rebocadas ao longo dela sem ser molestadas pelos grandes diabos marinhos.

Quando a noite começou a cair, o contramestre mandou acender as fogueiras no alto do monte, ao que obedecemos e depois voltamos para saber se a corda estava subindo. Nesse instante, percebemos que saíra da alga marinha e ficamos contentes, mandando acenos de encorajamento, na esperança de que alguém nos observasse. No entanto, embora a corda estivesse livre das algas, deveria elevar-se muito, ou não serviria para o nosso propósito, apesar de já sofrer grande pressão, como descobri colocando minha mão sobre ela; pois estirar uma corda tão comprida exigia várias toneladas de tensão. Mais tarde, vi que o contramestre estava ficando ansioso; ele foi até a rocha em torno da qual havia amarrado a corda e examinou os nós e os pontos em que a tinha envolto para não desgastar, e depois caminhou até o lugar onde ela passava pela beira do penhasco e fez mais um exame minucioso; voltou em seguida, parecendo satisfeito.

Então, em um instante, a escuridão caiu sobre nós. Acendemos nossas fogueiras e nos preparamos para a noite, com as vigílias organizadas como de costume.

A bordo do navio

Quando chegou o meu turno, que cumpri com o marinheiro corpulento, a lua ainda não havia nascido e toda a ilha estava imensamente escura, exceto no topo da colina, onde as fogueiras ardiam em vários lugares, mantendo-nos ocupados em alimentá-las. Então, quando cerca da metade do turno havia passado, o marinheiro corpulento, que fora alimentar as fogueiras que davam para o lado das algas, veio até mim e pediu que eu colocasse a mão na corda menor; pois parecia que as pessoas do navio queriam recolhê-la para nos enviar alguma mensagem. Ao ouvir essas palavras, perguntei ansiosamente se ele os tinha visto acenar com uma luz, método de sinalização combinado para a noite, se necessário; mas ele respondeu que não. A essa altura, ao chegar perto da beira do penhasco, vi que não havia nenhum sinal da embarcação. Ainda assim, para agradar ao companheiro, pus a mão na corda, que tínhamos amarrado em um grande pedaço de rocha ao anoitecer, e comprovei, de imediato, que algo a puxava e afrouxava sistematicamente, de modo que me ocorreu que as pessoas do navio talvez desejassem de fato nos mandar alguma mensagem. Com isso, para ter certeza, corri até a fogueira mais próxima e, ateando fogo a um tufo de algas secas, acenei três vezes. Não veio nenhum sinal de resposta, e então voltei a apalpar a corda para me assegurar de que não tinha sido a força do vento que a puxara; mas descobri que aquilo era muito diferente. Era algo que puxava com a intensidade de um peixe fisgado, com a diferença de que somente um peixe gigantesco poderia produzir tais puxões. Então soube que, na escuridão das algas, alguma coisa torpe havia se prendido nela, e temi que pudesse rompê-la. Pensei que algo poderia estar subindo ao longo da corda e pedi ao marinheiro corpulento que ficasse a postos com seu grande cutelo, enquanto eu corria e acordava o contramestre. Após fazê-lo, expliquei que havia algo interferindo na corda menor, de modo que ele foi ver o que poderia ser e, quando colocou a mão nela, pediu-me para chamar o resto dos homens e mandá-los ficar perto das fogueiras; pois havia algo à espreita naquela noite e corríamos o risco de sofrer um ataque. Ele e o marinheiro corpulento ficaram junto ao extremo da corda, vigiando até onde a escuridão permitia e, de vez em quando, sentindo a tensão sobre ela.

Subitamente, o contramestre pensou em verificar a segunda corda e correu até ela, amaldiçoando-se pela negligência; mas, devido ao peso e à tensão maiores, ele não conseguiu afirmar com certeza se havia ou não alguma interferência; ainda assim, permaneceu perto, argumentando que, se algo encostasse na corda menor, poderia facilmente fazer o mesmo com a maior, embora a primeira estivesse ao longo da alga marinha e a segunda, a alguns pés acima dela quando anoiteceu; logo, talvez esta última não tivesse criaturas rondando ao redor.

Assim transcorreu cerca de uma hora, na qual mantivemos guarda e alimentamos as fogueiras de tempos em tempos. Quando cheguei à fogueira onde estava o contramestre, resolvi conversar um pouco com ele; mas, quando me aproximei, coloquei por acaso a mão na grande corda e soltei uma exclamação de surpresa; estava muito mais frouxa do que ao anoitecer. Perguntei se havia notado isso e ele ficou tão atônito quanto eu; porque, na última vez que a havia tocado, ela estava tesa e vibrando ao vento. Após essa descoberta, temendo que algo a tivesse mordido, ele chamou todos os homens para puxarem a corda e verificar se ela estava realmente partida; mas, quando os marinheiros vieram, foram incapazes de recolhê-la. Isso nos tranquilizou muito; embora ignorássemos a causa da súbita frouxidão.

Algum tempo depois, a lua nasceu e conseguimos examinar a ilha, o mar que a circundava e o continente de algas, para ver se algo se mexia; contudo, nem no vale, nas faces dos penhascos ou no mar aberto vimos um único ser vivente; e, quanto à alga marinha, foi inútil tentar enxergar algo em meio àquele espesso negrume. Assim, mais seguros de que nada nos ameaçava e que, até onde a vista alcançava, não havia nenhuma criatura tentando subir pelas cordas, o contramestre ordenou que voltássemos a dormir, salvo os vigilantes. Apesar disso, antes de entrar na tenda, eu e o contramestre examinamos cuidadosamente a corda grande, mas não conseguimos descobrir o motivo da frouxidão; embora ao luar fosse aparente que ela descia com mais brusquidão do que ao anoitecer. Então concluímos que as pessoas no navio a tinham afrouxado por algum motivo; depois disso, fomos para a tenda dormir um pouco.

Logo cedo, fomos despertados por um dos vigias, que entrou na tenda para chamar o contramestre. Aparentemente, o navio havia se movido durante a noite, pois sua popa passou a apontar ligeiramente para a ilha. Com essa notícia, saímos correndo e fomos até a beira do monte. Descobrimos que o homem tinha razão, e então compreendi o motivo do repentino abrandamento da corda; pois, após resistir à tensão por algumas horas, o navio finalmente havia cedido e virado a popa em nossa direção, movendo também o resto de sua extensão no mesmo curso.

Então percebemos que, no posto de observação no alto do estrutura, um homem acenava para nós, ao que acenamos de volta, e o contramestre me pediu que eu fosse correndo escrever para perguntar se eles consideravam provável tirar o navio das algas, o que eu fiz, bastante animado por essa nova ideia, como, de fato, estavam o contramestre e os homens. Pois, se pudessem fazê-lo, seria fácil resolver os outros problemas, entre eles, o de retornar ao nosso país. Aquilo parecia bom demais para ser verdade; contudo, mantive a esperança. E então, quando terminei a carta, a colocamos na pequena bolsa de oleado e sinalizamos para que as pessoas do navio a puxassem pela corda. Mas, quando saíram para recolhê-la, houve um forte chapinhar nas algas marinhas, e eles pareceram incapazes de fazer isso, e então, após um breve instante, vi o vigia apontar alguma coisa e, imediatamente, surgiu diante dele uma pequena nuvem de fumaça; logo depois, ouvi o estampido de um mosquete e percebi que ele estava disparando contra alguma coisa na alga marinha. O homem atirou duas vezes mais até que eles conseguiram puxar a linha. Percebi que o fogo se provara eficaz; embora ainda ignorássemos contra quem ele havia descarregado a arma.

Pouco depois, sinalizaram para recolhermos a linha, o que fizemos com grande dificuldade, e então o homem postado no alto da enorme estrutura fez um sinal para que parássemos de puxar, e obedecemos. Ele começou a atirar novamente na alga marinha, sem sabermos o porquê. Dali a pouco, sinalizou para que puxássemos de novo e, dessa vez, a corda veio com mais facilidade; ainda que com esforço e certa comoção no trecho de algas sobre o qual ela estava e, em certos lugares, afundava. Por fim, quando a corda saiu das algas, devido à elevação do penhasco, vimos um grande caranguejo agarrado a ela e que o trazíamos até nós; pois a criatura era muito obstinada para soltá-la.

Ao vê-lo, e temendo que suas grandes pinças pudessem cortar a corda, o contramestre pegou uma das lanças dos homens e correu até a beira do penhasco, mandando que puxássemos suavemente e não colocássemos mais pressão sobre a corda do que o necessário. E assim, puxando com firmeza, trouxemos o monstro até a beira da colina e, ali, a um sinal do contramestre, paramos de puxar. Então ele ergueu a lança e golpeou os olhos da criatura, como já tinha feito em outra ocasião, e ela imediatamente soltou a corda e caiu com grandes respingos na água ao pé do penhasco. A seguir, o contramestre nos mandou puxar o resto da corda até chegarmos ao pacote e, enquanto isso, examinou-a para ver se havia sofrido algum dano pelas mandíbulas do caranguejo; mas, fora um leve desgaste, ela estava em bom estado.

    E assim chegamos à carta, que abri e li, descobrindo ter sido escrita com a mesma letra feminina das anteriores. Soubemos, através dela, que o navio atravessara uma massa muito densa de algas que havia se compactado em volta da embarcação, e que o segundo imediato, único oficial que restara da tripulação, acreditava ser possível sair dali; embora com grande lentidão, de modo a permitir que as algas se abrissem gradualmente, caso contrário, o navio funcionaria como um ancinho gigantesco, acumulando a alga recolhida diante dele e formando assim sua própria barreira às águas livres. A essas informações somaram-se amáveis desejos e esperanças de que tivéssemos passado uma boa noite, que imaginei terem sido inspirados pelo coração feminino da remetente; depois disso, me perguntei se seria a esposa do capitão quem escrevia. Fui despertado dessas reflexões pelo grito de um dos homens anunciando que as pessoas do navio tinham começado a erguer outra vez a grande corda e, durante algum tempo, permaneci imóvel, observando-a subir lentamente à medida que ficava tesa.

    Fiquei ali alguns instantes, olhando, quando, de repente, notei uma agitação no meio das algas, a cerca de dois terços do caminho para o navio, e percebi que a corda se libertara das algas marinhas e, agarrados a ela havia, talvez, cerca de vinte caranguejos gigantes. A essa visão, alguns marinheiros gritaram espantados, enquanto vários homens haviam subido até o posto de observação no topo da enorme estrutura e, imediatamente, abriram um vigoroso fogo contra as criaturas, e assim, pouco a pouco, os caranguejos tornaram a cair nas algas e os homens do navio voltaram a recolher a corda. Em pouco tempo, ela estava a alguns metros da superfície.

    Após esticá-la adequadamente, eles deixaram que exercesse o devido efeito sobre o navio e lhe acrescentaram uma grande polia; então, sinalizaram para afrouxarmos a corda pequena. Quando conseguiram inserir a parte central, engataram-na em volta da polia e fixaram nela uma guindola, e logo obtiveram um meio de transporte. Com ele, seríamos capazes de enviar objetos para o navio e recebê-los do mesmo jeito, sem ter de arrastá-los pela superfície das algas marinhas; de fato, seria a maneira de transportar para terra firme aquelas pessoas. Mas agora tínhamos um objetivo maior: salvar o próprio navio. Além disso, a corda grande, que servia de suporte para o transportador, não se elevava o bastante sobre o continente de algas para permitir, assim, segurança ao transportar pessoas; e agora que tínhamos esperança de salvar o navio, não queríamos arriscar romper a corda grande fazendo com que atingisse a tensão necessária para elevar-se à altura desejada.

Pouco depois, o contramestre chamou um dos homens para preparar o desjejum e, quando ficou pronto, nós o comemos, deixando o homem com o braço ferido de vigia. Então ele mandou o marinheiro que perdera os dedos ficar de olho enquanto o outro ia até a fogueira tomar o desjejum. Nisso, o contramestre desceu conosco para coletar algas secas e juncos para a noite; e assim passamos boa parte da manhã. Ao fim da atividade, voltamos ao cume do monte para ver como iam as coisas e descobrimos, pelo vigilante, que as pessoas do navio foram obrigadas a puxar duas vezes a grande corda para evitar que ela enganchasse na alga marinha, o que indicava que o navio navegava lentamente de ré em direção à ilha, deslizando sem parar através das algas enquanto o observávamos. Tivemos a impressão de que estava cada vez mais perto; mas era apenas imaginação, pois, no máximo, ele devia ter se movido apenas algumas braças. Ainda assim, ficamos tão contentes que acenamos ao homem que atuava como sentinela, e ele acenou de volta.

Depois, preparamos o almoço, fumamos tranquilamente e o contramestre cuidou de nossas feridas. Durante a tarde inteira ficamos sentados no alto da elevação que dava para o navio e, por três vezes, vimos que eles ergueram a corda grande. Ao anoitecer, tinham avançado cerca de trinta braças em direção à ilha, o que eles mesmos confirmaram em resposta a uma pergunta que o contramestre pediu que eu lhes enviasse. Como tínhamos trocado várias mensagens no decorrer da tarde, o transportador estava do nosso lado. Eles também explicaram que esticariam a corda durante a noite para que a tensão fosse mantida e ela permanecesse fora das algas.

E então, como estava quase anoitecendo, o contramestre nos mandou acender no alto do monte as fogueiras preparadas no início do dia e, após o jantar, nos preparamos para dormir. Durante toda a noite, houve luzes acesas a bordo do navio, que se revelaram uma companhia agradável nos turnos de guarda; então finalmente, sem grandes sobressaltos, chegou a manhã. Contudo, para nosso prazer, descobrimos que o navio havia feito um grande progresso durante a noite; agora estava tão perto que ninguém poderia supor que fosse apenas imaginação. Devia ter avançado quase sessenta braças em direção à ilha, de modo que era quase possível reconhecer o rosto do vigia. Também podíamos ver com maior clareza outras coisas sobre a embarcação, por isso a examinamos com novo interesse. O vigia do navio nos deu um aceno de bom-dia, ao qual respondemos cordialmente e, enquanto o fazíamos, surgiu uma segunda figura ao lado do homem, que acenou com alguma coisa branca, talvez um lenço, já que se tratava de uma mulher. Em resposta, tiramos nossos gorros e os sacudimos para ela e, depois disso, fomos tomar o desjejum. Ao fim da refeição, o contramestre cuidou de nossas feridas e então, colocando o homem que tinha perdido os dedos para vigiar, chamou todos (exceto o homem mordido no braço) para descer com ele e coletar combustível, e assim o tempo passou até perto da hora do almoço.

Quando voltamos ao topo da colina, o homem no posto de observação nos disse que, lá no navio, eles tinham levantado pelo menos quatro vezes a corda grande, o que faziam naquele exato minuto. Era evidente que o navio avançara bastante, mesmo durante aquele curto período da manhã. Quando acabaram de esticar a corda, percebi que estava praticamente livre da alga marinha em toda a extensão, com a parte mais baixa da corda a quase vinte pés acima da superfície, e, assim, tive uma ideia. Corri até o contramestre, dizendo que não havia razão para não fazermos uma visita aos que estavam a bordo. Quando falei isso, ele balançou a cabeça e, por um instante, foi contra o meu desejo; mas, depois, ao examinar a corda, percebeu que eu era o mais leve de todos na ilha; consentiu e corri para o transportador que tinha rebocado para o nosso lado, sentando-me na guindola. Tão logo os outros homens perceberam minha intenção, aplaudiram-me com entusiasmo, desejando me seguir; no entanto, o contramestre mandou que ficassem quietos, amarrou-me na guindola e depois sinalizou para as pessoas da embarcação puxarem a corda pequena; enquanto ele controlava minha descida em direção às algas com a nossa ponta do cabo de transporte.

Pouco depois, cheguei à parte mais baixa em que o laço da corda fazia um arco, mergulhando em direção à alga e subindo novamente até o mastro do navio. Foi quando olhei para baixo com olhos um tanto temerosos; pois meu peso na corda a fez ceder um pouco mais do que me parecia seguro, e eu tinha uma lembrança muito viva de alguns horrores que aquela silenciosa superfície ocultava. No entanto, não fiquei muito tempo nesse lugar; pois os passageiros, percebendo que a corda havia se aproximado perigosamente da alga, puxaram com bastante vigor o cabo de reboque e consegui chegar rapidamente à embarcação.

Quando me aproximei, os homens apinharam-se sobre uma pequena plataforma que haviam construído na enorme estrutura, um pouco abaixo da ponta quebrada do mastro da mezena, e ali me receberam de braços abertos, com ruidosos vivas. Estavam tão ansiosos para me tirar da guindola que cortaram as amarras, impacientes demais para soltá-las. Depois me levaram até o convés, onde, antes de qualquer coisa, uma mulher muito rechonchuda abraçou-me e beijou-me com entusiasmo, deixando-me um tanto desconcertado; apesar disso, os homens ao redor não fizeram nada além de rir e, quando ela me soltou um minuto mais tarde, fiquei sem saber se me sentia um tolo ou um herói; embora pendesse mais para o último. Nesse instante, surgiu uma segunda mulher, que, ao me ver, fez uma reverência muito formal, como se houvéssemos nos encontrado em uma reunião social, e não em um navio encalhado entre a desolação e o terror daquele mar de algas. À sua aparição, toda a alegria dos homens murchou e eles ficaram sérios, enquanto a mulher rechonchuda se afastava um pouco e parecia um tanto envergonhada. Fiquei bastante intrigado com esse comportamento e olhei de um homem a outro, tentando entender o que aquilo significava; contudo, no mesmo instante, a mulher curvou-se novamente e disse, em voz baixa, algo sobre o clima; em seguida, ergueu a cabeça para me fitar. Seus olhos eram tão estranhos e cheios de melancolia que eu soube na hora por que ela havia falado e agido de maneira tão despropositada: é que a pobre criatura havia perdido o juízo. Quando soube depois que era a esposa do capitão e o tinha visto morrer nos tentáculos de um gigantesco diabo marinho, entendi o porquê dessa situação.

Ao constatar a loucura da mulher, fiquei tão consternado que não fui capaz de responder seu comentário; mas ela não pareceu dar importância, pois virou-se e foi até a popa, em direção à escada do salão que estava aberta, e ali foi recebida por uma jovem muito bela e graciosa, que a conduziu ternamente para longe de mim. Um minuto depois, a jovem reapareceu, atravessando correndo o convés para me encontrar. Em seguida, tomou-me as mãos e apertou-as, fitando-me com olhos tão travessos e brincalhões que aqueceram meu coração, estranhamente gelado após a saudação da pobre mulher louca. Ela disse palavras afáveis sobre a minha coragem, das quais eu desconfiava não ser merecedor, mas deixei que falasse à vontade; por fim, recompondo-se um pouco, descobriu que ainda segurava as minhas mãos. Enquanto conversávamos, eu tive consciência desse fato, que muito me agradou; mas ela soltou-as com rapidez, afastou-se um pouco e começou a falar com certa frieza. Ainda assim, isso não durou muito; pois éramos jovens e creio que sentimos atração um pelo outro; além disso, tínhamos tantas perguntas que não pudemos deixar de falar livremente, fazendo uma seguida da outra e dando respostas atrás de respostas. Assim, passou-se algum tempo, durante o qual os homens nos deixaram sozinhos e foram para o cabrestante onde haviam amarrado a corda grande. Ali ficaram, ocupando-se com o cabo; pois o navio já tinha se movido o bastante para afrouxar a corda.

Pouco depois, a jovem, que era sobrinha da esposa do capitão e se chamava Mary Madison, me propôs dar uma volta no navio, o que aceitei de bom grado; mas primeiro parei para examinar o mastro roto da mezena e a maneira engenhosa com que as pessoas tinham conseguido mantê-lo ali e notei como haviam removido parte da enorme estrutura que rodeava a ponta do mastro, de modo a permitir a passagem da corda sem ocasionar nenhum dano. Quando chegamos à popa, ela me conduziu até o convés principal, onde fiquei impressionado com o tamanho prodigioso da estrutura que eles tinham erigido sobre o navio e a habilidade com que aquilo tinha sido feito, os suportes cruzando-se de um lado a outro e para os conveses de maneira calculada a conferir solidez ao conjunto. Porém, intrigado, quis saber onde tinham conseguido tal quantidade de madeira para fazer uma construção tão grande; mas nesse ponto ela satisfez minha curiosidade explicando que eles haviam retirado todas as cobertas intermediárias e usado todas as anteparas sobressalentes, e que, além disso, havia muitas tábuas no porão que se revelaram úteis.

E assim chegamos finalmente à cozinha, onde descobri a mulher roliça instalada como cozinheira, acompanhada de duas bonitas crianças, um menino de cerca de cinco anos e uma menina pouco mais que um bebê. Com isso, me virei e perguntei à senhorita Madison se eram seus primos; mas em seguida lembrei-me de que não podiam ser; pois, como disse, o capitão tinha morrido havia cerca de sete anos. No entanto, a cozinheira respondeu à minha pergunta; pois ela se virou e, levemente ruborizada, me disse que eles eram filhos dela, o que me deixou um pouco surpreso. Imaginei que houvesse embarcado com o marido; mas estava enganado; pois, como me explicou, pensando que jamais voltaria ao mundo civilizado, ela passou a nutrir grande afeição pelo carpinteiro, então resolveram se unir e fazer uma espécie de casamento, pedindo que o segundo imediato oficializasse a cerimônia. Ela contou como havia embarcado com sua senhora, a esposa do capitão (a quem era muito apegada), a fim de ajudá-la com a sobrinha, que era apenas uma criança quando o navio zarpou. E terminou a história expressando sua esperança de que não houvesse feito nada de errado ao se casar, já que esse não tinha sido o propósito. Eu lhe assegurei que nenhum homem decente acharia isso; e que, por mim, eu pensava o melhor dela, visto que gostei da coragem que demonstrou. Com isso, ela largou a concha de sopa e veio em minha direção, enxugando as mãos; mas eu recuei, com vergonha de ser abraçado novamente, ainda mais diante da senhorita Mary Madison. Nesse instante, ela deteve-se, rindo gostosamente, e me abençoou com afeto, e eu me senti muito bem. Assim continuei a caminhar com a sobrinha do capitão.

Por fim, após dar a volta ao navio, chegamos à popa de novo e descobrimos que os homens estavam erguendo mais uma vez a corda grande, o que era animador, pois provava (como de fato ocorreu) que o navio ainda estava em movimento. Pouco depois, a jovem despediu-se de mim, pois tinha que cuidar da tia. Quando ela saiu, os homens me rodearam, desejando saber notícias do mundo além do continente de algas, e assim, durante uma hora, me ocupei de responder às questões. Em seguida, o segundo imediato chamou-os para erguer de novo a corda. Com isso, eles se viraram para o cabrestante e, com a minha ajuda, esticaram a corda novamente; ao fim dessa tarefa, cercaram-me mais uma vez, fazendo outras perguntas, pois muitas coisas pareciam ter acontecido nos sete anos em que estiveram aprisionados ali. E, após algum tempo, chegou a minha vez de questioná-los sobre alguns pontos que eu tinha esquecido de perguntar à senhorita Madison. Eles me revelaram o terror e a repugnância que sentiam pelo continente de algas, a desolação, o horror e o medo que os havia assolado ao pensar que morreriam todos sem voltar a ver suas casas e seus conterrâneos.

A essa altura, percebi que estava com fome; pois tinha subido a bordo do navio antes do almoço e estivera tão interessado desde então que nem sequer pensara em comida; além disso, não tinha visto ninguém comendo, pois eles, sem dúvida, tinham almoçado antes da minha chegada. Mas então, ao escutar o ronco do meu estômago vazio, perguntei se havia algo para comer e, com isso, um dos homens correu para dizer à cozinheira que eu não tinha almoçado. Diante disso, alvoroçada, ela pôs-se a preparar uma deliciosa refeição, que levou até a popa e serviu no salão, antes de me chamar.

Já acomodado, ouvi passos leves atrás de mim e, virando-me, descobri que a senhorita Madison me observava com ar travesso e um tanto divertido. Rapidamente me levantei, mas ela pediu que eu me sentasse. Sentou-se à minha frente e pôs-se a gracejar comigo com amabilidade, de modo a não me desagradar, e eu respondi da melhor forma possível. Mais tarde, comecei a questioná-la e, entre outras coisas, descobri que tinha escrito as cartas do navio, ao que retruquei ter feito o mesmo pelos meus, lá na ilha. Depois disso, nossa conversa adotou um tom mais pessoal. Descobri que tinha quase dezenove anos e respondi que eu já passara dos vinte e três. E assim seguimos conversando até que, por fim, achei melhor me preparar para voltar à ilha e me levantei; embora sentindo que estaria mais feliz se ficasse. Por um instante, tive a impressão de que isso não a desagradaria, pois imaginei ter notado algo em seus olhos quando eu disse que precisava ir embora. No entanto, talvez fosse apenas a minha imaginação.

Quando saí para o convés, vi que os homens estavam novamente ocupados em esticar a corda e, até que terminassem, eu e a senhorita Madison preenchemos o tempo com a natural conversa entre um homem e uma mulher que não se conhecem, mas que consideram a companhia um do outro agradável. Então, quando a corda estava finalmente tesa, subi no andaime da mezena e sentei-me na guindola, onde os homens me amarraram com precisão. No entanto, quando deram o sinal para me rebocar até a ilha, não houve nenhuma resposta por algum tempo, e então vieram sinais que não pudemos entender; mas nenhum movimento para içar-me sobre a alga. Com isso, eles me tiraram da cadeira, enquanto mandavam uma mensagem para descobrir o problema. Pouco depois, veio a notícia de que a corda grande ficara presa na beira do penhasco e eles precisavam afrouxá-la um pouco, o que provocou expressões de desânimo. Passou-se, talvez, cerca de uma hora, enquanto observamos os homens trabalhando na corda, exatamente onde ela descia pela beira do monte. A senhorita Madison ficou conosco e assistiu; pois era terrível pensar em fracasso (embora temporário) quando se estava tão perto de alcançar êxito. No entanto, finalmente veio da ilha o sinal para soltarmos o cabo de transporte, o que fizemos, permitindo-lhes rebocar a guindola através do transportador. Mas logo eles sinalizaram para puxarmos e, assim que o fizemos, encontramos na bolsa amarrada à transportadora uma carta na qual o contramestre deixava claro que havia reforçado a corda e renovado o material contra a fricção, de modo que considerava tão seguro como antes puxá-la; mas recomendou que não a esticassem tanto. Também se recusou a permitir que eu me arriscasse a atravessar por meio dela, dizendo que seria melhor permanecer no navio até apartar as algas; pois, como a corda tinha sido desgastada em um ponto, talvez houvesse outros prestes a ceder. E essa nota final do contramestre nos deixou preocupados; pois, de fato, parecia possível aquilo acontecer. Ainda assim, eles se tranquilizaram destacando que, provavelmente, a fricção na beira do penhasco havia desgastado a corda, de modo que ela havia se enfraquecido antes de se partir. Contudo, lembrando-me do material contra atrito que o contramestre havia acrescentado à corda, não tive tanta certeza disso; mas não quis aumentar sua aflição.

Foi assim que me vi obrigado a passar a noite no navio; porém, ao seguir a senhorita Madison até o grande salão, não lamentei o ocorrido e esqueci rapidamente minha preocupação com a corda.

E lá fora, no convés, o cabrestante estalava animadamente.

Livres

    Após sentar-se, a senhorita Madison me convidou a fazer o mesmo. Em seguida, começamos a conversar, primeiro acerca da corda, sobre a qual apressei-me em acalmá-la, e depois sobre outras coisas, até chegar, como é natural entre um homem e uma mulher, a nós mesmos, tema no qual nos detivemos com satisfação.

    Pouco depois, o segundo imediato veio com uma nota do contramestre, que colocou na mesa para a jovem ler. Ela pediu-me para fazer o mesmo e descobri que eles sugeriam (toscamente e com má caligrafia) enviar da ilha uma boa quantidade de juncos, com os quais poderíamos afastar a alga marinha em torno da popa do casco, ajudando assim o navio a avançar. O segundo imediato pediu que a jovem escrevesse uma resposta, dizendo que agradecíamos os juncos e nos esforçaríamos para agir assim. Quando a senhorita Madison terminou de escrever, me entregou a carta, perguntando se eu desejava enviar alguma mensagem. No entanto, eu não tinha nada a acrescentar e a devolvi, agradecido, e logo ela a entregou ao segundo imediato, que foi rapidamente despachá-la.

Mais tarde, a mulher roliça veio à popa colocar a mesa no centro do salão e, ocupada dessa tarefa, pediu várias informações. Ela falava com naturalidade e sem afetação, tratando minha acompanhante com certa complacência maternal; pois estava claro que amava a senhorita Madison, e eu não a julgava, de coração. Além disso, evidentemente a menina tinha grande afeição pela antiga babá, o que era natural, visto que a excelente senhora havia cuidado dela nos últimos anos, além de ser, ao que parecia, uma boa e alegre companhia.

Passei algum tempo respondendo às perguntas da mulher rechonchuda e, por vezes, a uma ou outra que a senhorita Madison deixava escapar; e então, subitamente, ouvimos o barulho de passos acima de nós e, mais tarde, o baque de algo sendo jogado no convés, e soubemos que os juncos haviam chegado. Com isso, a senhorita Madison disse que deveríamos assistir aos homens utilizá-los nas algas; pois se eles fossem úteis em livrar o caminho, chegaríamos mais rápido ao mar aberto, sem precisar colocar tanta pressão na espia, como tinha acontecido.

Quando chegamos à parte traseira do navio, encontramos os homens removendo um pouco da enorme estrutura sobre a popa e, depois, eles pegaram os juncos mais resistentes e começaram a empurrar as algas que se estendiam ao longo do balaústre da popa. No entanto, notei que se antecipavam ao perigo; pois com eles havia dois homens e o segundo imediato, todos armados com mosquetes, e os três mantiveram vigilância muito estrita sobre a alga marinha, conhecendo por experiência própria os terrores que ela abrigava e sabendo que as armas poderiam ser necessárias a qualquer momento. Então, depois de algum tempo, ficou claro que o trabalho dos homens surtia efeito; a corda afrouxava visivelmente, e os que estavam ao cabrestante faziam o que podiam com a polia, a fim de manter a corda quase retesada. Vendo como estavam ocupados, corri para dar uma mão, seguido pela senhorita Madison, empurrando as barras do cabrestante com alegria e entusiasmo. Pouco depois, a noite começou a cair sobre a desolação do continente de algas. Então apareceu a mulher rechonchuda chamando para o jantar; e o jeito com que ela falou lembrou-me uma mãe ralhando com os filhos. A senhorita Madison gritou para ela esperar, pois tínhamos trabalho, ao que a mulher robusta riu e aproximou-se ameaçadoramente, como se quisesse nos tirar dali à força.

 Nesse instante, houve uma súbita interrupção que conteve nossa alegria; pois soou bruscamente na popa o ruído de um mosquete; a seguir ouvimos gritos e o estampido das duas outras armas, como trovões a reverberar pela enorme estrutura abobadada. De imediato, os homens debruçados sobre o balaústre da popa recuaram, correndo de um lado a outro, e então vi que grandes tentáculos haviam penetrado pela abertura feita na estrutura, dois dos quais tateavam pelo convés, procurando aqui e ali. A mulher robusta agarrou um homem perto dela e o afastou do perigo e, depois disso, tomou a senhorita Madison em seus braços grossos e desceu com ela até o convés principal. Tudo isso aconteceu sem que eu me desse conta do perigo que nos assolava. Foi quando percebi que eu também deveria recuar para a popa, como me apressei em fazer e, encontrando um local seguro, levantei-me e contemplei a enorme criatura e seus imensos tentáculos, que eu mal conseguia discernir na crescente penumbra do crepúsculo, contorcendo-se em vão em busca de uma vítima. Em seguida, o segundo imediato voltou, à procura de mais armas, e percebi que ele tinha armado todos os homens e trazido um mosquete sobressalente para mim. Começamos todos a atirar no monstro, que se pôs a atacar com fúria e, depois de alguns minutos, deslizou sorrateiramente pela abertura, mergulhando nas algas. Vendo isso, vários homens correram para substituir as partes da enorme estrutura que tinham sido removidas, e eu os acompanhei; porém, havia braços suficientes para a tarefa, de modo que não precisei fazer nada. Entretanto, antes de cobrirem a abertura, tive a chance de olhar para as algas marinhas e assim descobri que toda a superfície que havia entre a nossa popa e a ilha movia-se em vastas ondulações, como se peixes gigantescos estivessem nadando sob ela. Então, pouco antes de os homens recolocarem o último dos grandes painéis, vi a alga remexer-se com violência, como se estivesse em um caldeirão fervente, e tive um vago vislumbre de milhares de tentáculos monstruosos preenchendo o ar, em direção ao navio.

Por fim, os homens recolocaram o painel no lugar e apressaram-se em encaixar as escoras de suporte em suas posições. Assim que terminaram, ficamos imóveis algum tempo, escutando atentamente; mas não havia nenhum som além do lamento do vento em toda a extensão do continente de algas marinhas. Com isso, voltei-me para os homens perguntando por que não se podia ouvir nenhum som das criaturas que nos atacaram. Eles me levaram para o posto de observação e de lá olhei para baixo; mas não havia movimento nas algas, exceto pela agitação do vento, e nenhum sinal do diabo marinho. Vendo-me atônito, eles me contaram que qualquer coisa movente parecia atrair a atenção das criaturas das algas, que estavam por toda a parte; mas que elas quase nunca encostavam no navio, salvo se vissem algum movimento. Eles explicaram que provavelmente havia centenas e centenas delas em volta da embarcação, escondendo-se nas algas; mas que se tivéssemos o cuidado de permanecer fora de seu alcance, a maior parte teria ido embora pela manhã. Tudo isso me contaram com muita naturalidade, pois já estavam acostumados.

Pouco depois, escutei a senhorita Madison me chamando, então deixei a crescente escuridão e penetrei no interior da enorme estrutura. Ali eles tinham acendido lâmpadas grosseiras, feitas de lama endurecida, cujo óleo, como descobri mais tarde, haviam obtido de um certo peixe que infestava o mar sob as algas, em cardumes muito grandes, que eles capturavam com facilidade, atraindo-os com qualquer tipo de isca. Quando desci em direção à luz, encontrei a jovem me esperando para jantar com excelente humor.

Após terminar de comer, ela recostou-se na cadeira e começou mais uma vez a me provocar com seu jeito travesso, o que parecia nos proporcionar grande prazer. A conversa começou a ficar mais séria e, dessa forma, passamos boa parte da tarde. Então ela teve uma súbita ideia e propôs que subíssemos ao posto de observação, com o que concordei de boa vontade. E lá fomos nós. Quando enfim subimos, percebi o motivo daquela afobação; pois lá longe, no meio da noite e à popa do navio, ardia a meio caminho entre o céu e o mar uma intensa e poderosa chama e, de repente, enquanto eu a contemplava, mudo de admiração e surpresa, soube que era o brilho de nossas fogueiras no cume da colina maior; pois com a elevação completamente às escuras, conseguíamos enxergar apenas a luz das fogueiras, como se ela estivesse suspensa no vazio. Era um espetáculo impressionante e bonito. Enquanto eu a observava, surgiu abruptamente à beira de todo esse brilho uma figura negra e diminuta, sem dúvida um dos homens que chegava à beira do penhasco para dar uma olhada no navio ou verificar a tensão da amarra. Quando expressei minha admiração pela vista, a senhorita Madison pareceu satisfeita e contou-me que tinha subido muitas vezes na escuridão para vê-la. Depois disso, descemos novamente para o interior da estrutura, onde os homens erguiam mais uma vez a corda grande, antes de definir os turnos da vigília noturna. Estes consistiam em um homem por vez, que permanecia acordado e chamava os demais sempre que a amarra afrouxava.

Mais tarde, a senhorita Madison mostrou-me onde eu deveria dormir e então, após amáveis votos de boa-noite, nos despedimos, ela para ver se a tia estava bem, e eu para o convés principal a fim de conversar com o vigia. Assim passei o tempo até a meia-noite e, nesse ínterim, fomos obrigados a chamar os homens três vezes para erguer a espia, tão rapidamente a nau começou a abrir caminho através das algas. Então, sonolento, despedi-me do vigia e fui para o meu beliche. Havia semanas eu não passava a noite em um colchão.

Quando amanheceu, despertei com a voz da senhorita Madison do lado de fora da porta, chamando-me brejeiramente de dorminhoco. Com isso, vesti-me às pressas e entrei rapidamente no salão, onde ela tinha preparado um desjejum que me deixou feliz por ter acordado. Mas primeiro, antes de qualquer outra coisa, ela me levou até o posto de observação, correndo alegre à minha frente e cantando na plenitude de sua alegria. Então, quando cheguei ao topo da enorme estrutura, percebi que ela tinha uma boa razão para tanta felicidade, pois a visão que contemplei alegrou-me imensamente e, ao mesmo tempo, encheu-me de espanto: no decorrer daquela noite, tínhamos atravessado cerca de duzentas braças através das algas, estando a não mais do que trinta braças do limite da vegetação. E, ao meu lado, a senhorita Madison pôs-se a dançar de maneira graciosa sobre o piso do posto de observação, cantando uma antiga melodia que eu não ouvia fazia doze anos. Creio que esse detalhe me fez ver claramente como essa jovem encantadora vivia apartada do mundo, pois ela mal tinha doze anos quando o navio se perdeu no continente de algas. Quando me virei para fazer uma observação, tomado por tantos sentimentos, ouvimos uma saudação que parecia vir do alto e, ao erguer os olhos, vi um homem de pé na beira do monte, acenando para nós. Foi quando percebi como a colina se elevava, parecendo, por assim dizer, pairar sobre a embarcação, embora estivéssemos ainda a cerca de setenta braças da área escarpada do precipício mais próximo. E assim, após responder com outra saudação, descemos para o desjejum e fizemos justiça à boa comida que nos esperava no salão.

Pouco depois, terminamos de comer e, ao escutar o estalido do cabrestante, corremos para o convés e colocamos as mãos na barra, com a intenção de participar do último esforço que libertaria o navio de seu longo cativeiro. Demos voltas ao redor do cabrestante durante algum tempo e fitei a jovem ao meu lado, que havia adotado um semblante sério. De fato, era um momento estranho e solene para ela, que tinha sonhado com o mundo visto pelos seus olhos infantis e agora, depois de tantos anos sem esperança, ela o veria mais uma vez, viveria nele e descobriria o que tinha sido sonho e realidade. Todos esses pensamentos eu lhe atribuí, pois assim me sentiria em tal momento, de modo que tentei mostrar que compreendia sua inquietude. Ela sorriu para mim com um estranho misto de tristeza e alegria. Nossos olhos se encontraram e vi que algo novo brotava nos dela; como eu era muito jovem, meu coração interpretou aquilo como quis. De repente, fiquei extasiado com a dor e o doce deleite dessa coisa nova; pois antes eu não tinha me atrevido a pensar naquilo que meu coração ousou sussurrar e, depois disso, ficava infeliz quando não estava na sua presença. Então ela baixou os olhos; e no mesmo instante ouviu-se o grito alto e abrupto do segundo imediato. Ao escutá-lo, todos os homens soltaram suas barras, jogando-as no convés, e saíram correndo aos gritos para a escada que levava ao posto de observação, conosco em seu encalço. Assim, chegamos ao cume e constatamos que finalmente a nau deixara as algas e flutuava no mar aberto entre ele e a ilha.

Ao descobrir que o navio estava livre, os homens começaram a dar vivas e a gritar selvagemente, o que não era de estranhar. Nós os imitamos e, de repente, no meio daquele alarido, a senhorita Madison puxou-me pela manga e apontou para a ponta da ilha, onde o sopé da colina maior projetava-se em um grande espigão. Percebi que um bote se aproximava e, em seguida, que o contramestre estava na popa, manejando o remo de direção; assim, soube que ele terminara o reparo do bote enquanto eu estava no navio. A essa altura, os homens ao redor descobriram a proximidade do barco e voltaram a gritar de alegria. Logo desceram até a proa da embarcação e prepararam uma corda para lançar. Quando o barco se aproximou, os homens nos examinaram com muita curiosidade, mas o contramestre tirou seu gorro com a graça desajeitada que lhe era peculiar; em resposta a esse gesto, a senhorita Madison sorriu amavelmente e depois me disse francamente que gostara dele e, mais, que jamais vira um homem tão grande, o que não era de estranhar, uma vez que ela tinha visto poucos desde que atingira a idade em que as mulheres passam a se interessar por homens.

Após saudar-nos, o contramestre disse ao segundo imediato que rebocaria o navio até o lado oposto da ilha. O oficial aceitou, sem dúvida desejando afastar-se o máximo possível, por meio de uma barreira concreta, da desolação do grande continente de algas marinhas; e então, tendo soltado a amarra, que caiu do alto do monte com um esguicho prodigioso, o bote começou a rebocar a embarcação. Desse modo, não tardamos a chegar ao outro extremo da elevação; porém, sentindo a força do vento, amarramos uma ancoreta à espia. O contramestre levou-a para o mar, enquanto navegamos a barlavento da ilha, e então, a quarenta braças, puxamos com toda a força e alcançamos a ancoreta.

Isso feito, convidaram nossos homens a subir a bordo e todos passaram o dia inteiro conversando e comendo; pois as pessoas da nau pareciam não se cansar dos nossos companheiros. Ao anoitecer, substituíram a parte da enorme estrutura que haviam removido do mastro da mezena, e assim, com tudo seguro, cada um se encostou em um canto para dormir e teve sua noite inteira de descanso, o que muitos precisavam desesperadamente.

Na manhã seguinte, após consultar o contramestre, o segundo imediato deu a ordem para começar a remoção da enorme estrutura e todos obedecemos com vigor. No entanto, era uma tarefa que exigia tempo, e quase cinco dias se passaram até que o navio fosse despojado daquela proteção. Depois disso, tivemos muito trabalho para encontrar os diversos elementos de que precisávamos para aparelhar a embarcação; pois, há tanto tempo em desuso, ninguém se lembrava onde estavam guardados. Isso nos ocupou durante um dia e meio, mas depois começamos a equipá-la com o que pudemos reunir entre os nossos apetrechos.

Quando o navio foi desmastrado, sete anos antes, os tripulantes salvaram boa parte dos mastros, mas estes permaneceram presos à embarcação porque eles não conseguiram retirar toda a aparelhagem; e, embora eles tenham corrido o risco de naufragar com um buraco na lateral, agora tínhamos todos os motivos para agradecer; pois, devido a isso, o navio ainda contava com uma verga do traquete, uma vela da gávea, a verga do mastaréu e o mastaréu da proa. Também salvaram outras coisas; mas tinham utilizado os mastros menores para escorar a enorme estrutura, serrando-os em pedaços para esse fim. Com exceção dos mastros que conseguiram proteger, eles tinham peças sobressalentes: um mastaréu atado sob a amurada a bombordo, uma vela do joanete e um sobrejoanete tombado no lado a estibordo.

O segundo imediato e o contramestre colocaram o carpinteiro para trabalhar no mastaréu sobressalente, pedindo que ele fizesse suportes no mastro para que as cruzetas e cunhas abrigassem as argolas do cordame; mas que não se incomodassem em moldá-los. Além disso, ordenaram que ele fosse instalado no mastaréu da proa e nos sobrejoanetes sobressalentes. Nesse ínterim, o cordame foi preparado e, quando concluíram a instalação, os homens prepararam a grua para içar o mastro sobressalente, na intenção de que este ocupasse o lugar do mastro inferior principal. Quando o carpinteiro havia cumprido as ordens, mandaram que fizesse mais três peças iguais com um corte no degrau em cada uma, destinado a suportar a inclinação dos três mastros e, feito isso, parafusaram-nas com segurança ao convés na parte dianteira de cada uma das pernas dos três mastros inferiores. E então, com tudo pronto, colocamos o mastro principal em posição, após o que passamos a inserir o cordame. Quando terminamos, partimos para o mastro da proa, usando para este fim o mastaréu dianteiro que eles tinham salvado. Em seguida, erguemos o mastro de ré e o colocamos em seu lugar, tendo para isso a vela do joanete e o sobrejoanete sobressalentes.

A maneira como prendemos os mastros, antes mesmo de aparelhá-los, foi amarrando-os às pernas dos mastros inferiores; feito isso, colocamos almofadas de estivas e calços entre os mastros e as amarrações, tornando-as assim muito seguras. E então, quando instalamos o cordame, ficamos confiantes de que suportariam todas as velas que colocássemos sobre eles. Contudo, além disso, o contramestre mandou que o carpinteiro fizesse cinco pegas de madeira de carvalho de seis polegadas, no intuito de cobrir as pontas *quadradas* das pernas do mastro inferior, e acrescentou que deveriam ter, cada uma, um buraco para abrigar a guindola e, como essas pegas foram feitas em duas metades, os marinheiros conseguiram prendê-las depois que os mastros foram colocados em posição.

E assim, depois de erguer com a guindola nossos três mastros inferiores, içamos a verga do traquete até o principal, para atuar como nossa verga principal, e fizemos o mesmo com a vela do joanete até a dianteira. Em seguida, içamos a vela do mastaréu para a mezena. Logo erguemos todos os mastros do navio, exceto pelo gurupés e o pau da bujarrona; ainda assim conseguimos improvisar um gurupés atarracado e pontudo de um dos mastros menores, no qual eles costumavam escorar a enorme estrutura, e, como temíamos que lhe faltasse forças para suportar o peso das velas de estai da proa e popa, baixamos duas espias da proa, passando-as pelos buracos do escovém, e as instalamos ali. E assim colocamos o cordame no navio, depois preparamos a vela e a sustentamos com auxílio do nosso equipamento e, dessa forma, a embarcação ficou pronta para navegar.

Aparelhar e equipar a embarcação levou sete semanas, nem um dia a menos. Durante esse tempo, não sofremos ataques dos estranhos habitantes do continente de algas; embora talvez isso se deva ao fato de termos mantido fogueiras alimentadas com algas secas durante toda a noite nos conveses, acesas sobre grandes rochas achatadas que tínhamos pegado na ilha.

Ainda assim, apesar de não ser incomodados, descobrimos mais de uma vez criaturas estranhas nadando perto da embarcação; porém, uma lanterna ardente de algas secas pendurada na lateral, na ponta de um junco, bastou para assustar esses visitantes profanos.

Por fim, chegou o dia em que tanto o contramestre quanto o segundo imediato consideraram o navio adequado para singrar o mar, pois o carpinteiro havia vasculhado o casco da melhor maneira possível e encontrou tudo em perfeitas condições; ainda que a parte inferior estivesse horrivelmente recoberta de algas marinhas, cracas e outros elementos; mas isso era inevitável e não seria sensato tentar limpá-lo, considerando as criaturas que infestavam essas águas.

Nessas sete semanas, eu e a senhorita Madison ficamos muito próximos, de maneira que passei a chamá-la de Mary e de outro nome ainda mais carinhoso, que eu mesmo inventei, mas não me atrevo a registrar aqui.

Até hoje penso como aquele homem imenso, o contramestre, compreendeu tão rapidamente o que se passava em nossos corações e o amor que eu e ela sentíamos um pelo outro. Um dia, ele insinuou astutamente que sabia bem como o vento soprava e, embora dissesse isso com ar de gracejo, percebi certa melancolia em sua voz, então simplesmente lhe estendi a mão e ele a apertou com força. Depois disso, não voltamos a tocar no assunto.

Como chegamos ao nosso país

Quando chegou o dia de deixar a proximidade da ilha e as águas daquele mar estranho, havia grande leveza em nossos corações e realizamos animadamente as tarefas necessárias. Em pouco tempo, recolhemos a ancoreta e viramos a proa a estibordo; e, logo depois, braceamos o navio com o curso a bombordo, sem nenhum problema; embora nossos equipamentos estivessem duros de manejar, como era natural. Assim que o navio começou a navegar, dirigimo-nos ao lado a sotavento para ter um último vislumbre daquela ilha solitária. Conosco vieram os homens da embarcação, e assim, durante algum tempo, houve completo silêncio; pois eles estavam muito quietos, olhando para trás, sem dizer nada; mas nós os entendemos, sabendo o que tinham vivenciado nos últimos anos.

Nesse momento, o contramestre aproximou-se e chamou os homens para se reunirem na popa. Todos foram, e eu com eles, pois passara a considerá-los meus bons camaradas. Ali deram um trago de rum a todos, inclusive a mim, e foi a senhorita Madison quem nos serviu, vertendo a bebida de um balde de madeira que a mulher roliça trouxe do paiol de provisões. Depois do rum, o contramestre mandou a tripulação guardar o equipamento espalhado sobre o convés e amarrá-lo e, com isso, virei-me para obedecer, juntamente com os homens, pois me acostumara a trabalhar com eles; mas o contramestre chamou-me para acompanhá-lo à popa e ali ele protestou, embora respeitosamente, lembrando-me que eu não precisava mais trabalhar; pois voltara à minha antiga posição de passageiro do *Glen Carrig*, antes do naufrágio. Contudo, respondi que tinha o mesmo direito de trabalhar em troca da passagem para casa como qualquer outro; afinal, embora eu tivesse pagado para embarcar no *Glen Carrig*, eu não tinha feito o mesmo com o *Seabird* (esse era o nome da embarcação). Pouco disse o contramestre, mas percebi que ele apreciara a minha resposta e então, a partir daí, até chegarmos ao porto de Londres, contribuí com as tarefas a bordo e tornei-me versado na profissão. Em um quesito, apenas, aproveitei minha posição anterior; pois decidi alojar-me na popa, o que me permitiu ver com mais frequência minha amada, a senhorita Madison.

No dia em que partimos da ilha, após o jantar, o contramestre e o segundo imediato estipularam as vigílias e, assim, descobri que fui escolhido para estar no turno do contramestre, o que me agradou. Quando as guardas foram estipuladas, ordenaram que toda a tripulação se dedicasse a ajustar o curso da nau, o que fizemos para satisfação de todos; já que, com a aparelhagem e tanta vegetação à volta, eles temiam que acabássemos perdendo o rumo e, nesse caso, deixássemos de percorrer uma grande distância a sotavento, ansiosos em avançar o máximo possível com o vento e colocar alguma distância entre nós e o continente de algas. E por mais duas vezes naquele dia corrigimos o curso do navio, embora na segunda tenha sido para evitar um grande banco de algas que flutuava diante da proa; pois todo o mar a barlavento da ilha, pelo que vimos do topo da colina mais alta, estava abarrotado de massas flutuantes de algas marinhas, semelhantes a milhares de ilhotas, e, em alguns locais, a extensos recifes. Por causa deles, o mar que circundava a ilha permanecia muito quieto e sereno, de modo que ali nunca havia arrebentação. Não, nem sequer uma onda quebrava em sua costa, mesmo quando um vento forte soprava por muitos dias.

Quando anoiteceu, voltamos a acertar o curso a bombordo, percorrendo cerca de quatro nós por hora; embora, se tivéssemos um equipamento adequado e o casco livre, fôssemos capazes de alcançar oito ou nove, com uma brisa tão boa e um mar tão calmo. No entanto, até então nosso progresso tinha sido razoável; pois a ilha estava situada a cerca de cinco milhas a sotavento e quinze à popa. E então nos preparamos para a noite. Porém, um pouco antes de escurecer, descobrimos que o continente de algas estava se movendo em nossa direção; de modo que passaríamos por ele a cerca de meia milha. Com isso, o segundo imediato e o contramestre discutiram a possibilidade de corrigir o rumo do navio e ganhar mais espaço no mar antes de tentar ultrapassar o promontório de algas; mas por fim decidiram que não havia nada a temer; pois tínhamos o caminho livre pela água e, além disso, não parecia razoável supor que os habitantes do continente das algas percorreriam uma distância longa como meia milha para nos atacar. Mantivemos o curso; pois, uma vez passado aquele ponto, era muito provável que as algas se dirigissem ao leste; nesse caso, poderíamos ajustar o curso imediatamente e receber o vento de alheta e, assim, avançar mais rápido.

O turno do contramestre era das oito até a meia-noite; o meu e o do outro homem que me acompanhava se estenderia até os quatro sinos. Foi assim que, por acaso, estando diante daquele ponto durante o nosso turno, olhamos a sotavento com atenção; pois a noite estava escura, sem lua até perto do amanhecer; e estávamos muito inquietos por nos ver novamente tão próximos da desolação daquele estranho continente. O homem que estava comigo agarrou subitamente meu ombro e apontou para a escuridão diante da proa, e então percebi que tínhamos chegado mais perto das algas do que o contramestre e o segundo imediato haviam imaginado; pensei que eles certamente tinham calculado mal nossa flexibilidade de rota. Com isso, virei-me e gritei para o contramestre que estávamos prestes a esbarrar em algas; no mesmo instante, ele gritou para o timoneiro virar a barlavento, e logo depois nosso lado a estibordo roçava nos grandes tufos da margem. Assim, por um minuto interminável, nós aguardamos, aflitos. A embarcação passou o ponto, afastou-se e entrou em mar aberto; contudo, eu vi alguma coisa quando roçamos nas algas. Tive o súbito vislumbre de algo branco deslizando entre a vegetação e, então, vi outros; no instante seguinte, deixei o convés principal e corri até a popa, em busca do contramestre. No meio do caminho, porém, surgiu sobre a amurada a estibordo uma forma horrível, e gritei o mais alto que pude para soar o alarme. Então peguei uma barra de cabrestante da prateleira mais próxima e com ela fustiguei a criatura, gritando o tempo todo por ajuda. Com esse golpe, ela afastou-se, desaparecendo da minha vista, e eu tinha ao meu lado o contramestre e alguns marinheiros.

O contramestre tinha visto o meu golpe e saltou sobre a amurada do mastaréu para ver o que estava acontecendo; mas no mesmo instante gritou que eu corresse e chamasse a outra sentinela, pois o mar estava cheio de monstros nadando em direção ao navio. Com isso, saí correndo e acordei os homens, depois corri até a cabine da popa e fiz o mesmo com o segundo imediato, retornando um minuto mais tarde com o cutelo do contramestre, minha espada reta e a lanterna que sempre ficava pendurada no salão. Quando voltei, havia um grande tumulto por toda a parte: homens correndo de um lado a outro trajando suas camisas de dormir e ceroulas; alguns estavam na cozinha, trazendo fogo do fogão; e outros, acendendo uma fogueira com algas secas a sotavento da cozinha. Ao longo da amurada a estibordo, ocorria um combate feroz em que os homens usavam as barras de cabrestante da mesma forma que eu tinha feito. Quando coloquei o cutelo nas mãos do contramestre, ele soltou um possante grito de alegria e aprovação, e arrebatou a lanterna, correndo para o lado a bombordo do convés, antes que eu me desse conta de que ele tinha levado a luz. Eu o segui, e ainda bem (para todos nós) que ele fez isso naquele momento; pois a luz da lanterna mostrou-me os rostos desprezíveis de três dos habitantes das algas que subiam pela amurada a bombordo, e o contramestre acabou com eles antes que eu me aproximasse; porém, em um instante tive do que me ocupar; eis que surgiram cerca de uma dúzia de cabeças acima da amurada, um pouco à popa de onde eu estava, e então investi contra elas e fiz uma boa matança; mas algumas criaturas teriam conseguido subir a bordo se o contramestre não viesse em meu auxílio. A essa altura, os conveses estavam bem iluminados, com várias fogueiras acesas e mais lanternas trazidas pelo segundo imediato; e os homens tinham em mãos seus cutelos, com os quais eram mais hábeis do que com as barras de cabrestante; assim a luta avançou, e pudemos contar com a ajuda de alguns marinheiros. Qualquer espectador teria considerado aquela cena violenta, pois em todos os conveses ardiam fogueiras e lanternas, homens correndo ao longo das amuradas, golpeando rostos horríveis que se erguiam às dúzias, sob o brilho selvagem de nossas luzes de combate. E por toda a parte sentíamos o fedor das feras. Lá em cima, na popa, a luta foi tão intensa quanto em outro lugar; e ali, atraído por um grito de socorro, vi a mulher roliça com um machado de açougueiro sangrento nas mãos, golpeando uma criatura infame que agarrava o seu vestido com os tentáculos; mas ela a eliminou antes que eu pudesse ajudá-la com minha espada, e então, para minha surpresa, mesmo naquele momento de perigo, vi a esposa do capitão, como uma tigresa, brandindo uma pequena espada; pois, com a boca apertada, ela rangia os dentes com fúria, sem proferir uma só palavra ou grito, e não tenho dúvida de que imaginava vingar o marido.

Durante algum tempo, fiquei tão ocupado quanto os demais, mas assim que pude corri até a mulher roliça para perguntar onde se encontrava a senhorita Madison, e ela, sem fôlego, informou-me que tinha trancado a jovem no quarto para protegê-la e, com isso, tive vontade de abraçar a mulher; pois estava extremamente ansioso para saber se minha amada estava segura.

A luta arrefeceu e por fim terminou quando o navio ganhou uma grande distância das algas e chegou ao mar aberto. Então corri até minha amada e abri a porta do quarto dela. Por um instante, ela não conseguiu parar de chorar, com os braços em volta do meu pescoço; pois havia passado um verdadeiro terror pensando na minha sorte e na de todos da embarcação. Mas logo, enxugando as lágrimas, ficou indignada por sua babá tê-la trancado no quarto e recusou-se a falar com aquela boa mulher por quase uma hora. No entanto, observei que ela poderia ser de grande utilidade enfaixando as feridas recebidas, então ela voltou à sua vivacidade habitual e trouxe bandagens, gaze, unguento e linha, e pôs-se ao trabalho.

Mais tarde houve nova comoção no navio, pois descobriu-se que a esposa do capitão estava desaparecida. Com isso, o contramestre e o segundo imediato organizaram uma busca; mas não conseguimos localizá-la em lugar algum, e, de fato, ninguém no navio tornou a vê-la, então presumimos que foi arrastada por um dos habitantes das algas e encontrou a morte. Essa notícia deixou minha amada inconsolável e prostrada por quase três dias, tempo em que a nau abandonou os mares desconhecidos e deixou para trás a incrível desolação do continente de algas.

E assim, depois de uma viagem que durou setenta e nove dias desde que levantamos âncora, chegamos ao porto de Londres, tendo recusado todas as ofertas de assistência no caminho.

Nesse momento, tive de dizer adeus aos meus camaradas de tantos meses e aventuras perigosas; no entanto, como não era inteiramente desprovido de recursos, cuidei para que cada um deles recebesse um presente para se lembrar de mim.

E dei algum dinheiro à mulher rechonchuda, por todo o tempo em que ela cuidou de minha amada e para que ela pudesse (pelo bem de sua consciência) levar seu bom homem até o altar e instalar-se em uma casinha perto da minha propriedade; mas apenas quando a senhorita Madison viesse ocupar seu lugar à cabeceira da mesa em meu salão, no condado de Essex.

Há mais uma coisa que devo contar. Se alguém ingressar por acaso em minha propriedade e encontrar um homem de proporções hercúleas, embora um tanto curvado pela idade, sentado confortavelmente à porta de seu pequeno chalé, saberá que se trata do meu amigo, o contramestre; pois ainda hoje eu e ele nos encontraremos para discorrer longamente sobre os confins solitários deste mundo, meditando sobre o que vimos no continènte de algas, onde reina a desolação e o terror de seus estranhos habitantes. E, depois disso, falaremos em voz baixa da terra onde Deus fez monstros à semelhança das árvores. É possível que, nesse momento, meus filhos apareçam e sejamos obrigados a mudar de assunto; pois as crianças não apreciam o terror.